일 — 줄이고
마음 — 고요히

이 도서의 국립중앙도서관 출판시도서목록(CIP)은 서지정보유통지원시스템 홈페이지(http://seoji.nl.go.kr)와
국가자료공동목록시스템(http://www.nl.go.kr/kolisnet)에서 이용하실 수 있습니다.(CIP제어번호: CIP2013008936)

일
—
줄
이
고

마
음
—
고
요
히

옛시에서 말을 긷다

홍선 지음

눌와

秋 冬

책을 펴내며

절집이라고 해서 달리 기특한 일이 있지는 않습니다. 그저 밥 먹고 잠자고 일하고 쉬고 할 뿐입니다. 오늘이 어제 같고 내일이 오늘 같습니다. 곰곰 생각해보면 당연한 일이지 싶기도 합니다. 절집 또한 세상의 일부이고 모듬살이가 이루어지는 곳이기는 마찬가지이니까요. 다만 한 가지, 절집에 사노라면 세상보다 조금 더 예민해지는 일이 있습니다. 계절의 변화를 감지하는 감각입니다. 산속에, 자연의 품에 절이 안겨 있다 보니 그 또한 저절로 그리되는 것인가 봅니다. 저처럼 무딘 사람까지도 하루하루 달라지는 계절 변화의 섬세한 결조차 알아차릴 때가 흔하니까요.

그렇게 바람 불고 꽃 피고, 눈 내리고 구름 피어나는 때마다 그에 어울리는 옛시를 고르고, 거기에 제 말을 붙인 글들을 모은 것이 여기 이 책입니다. 원래 보름마다 한 꼭지씩, 제가 책임자로 일하던 박물관 홈페이지에 7, 8년쯤 연재했던 것들 가운데 추려서 가다듬은 글들입니다. 이미 적지 않은 시간이 경과하여 시의성이 떨어지고 내용도 대수로울 것이 없는 글들을 묶어내자니 여간 민망한 노릇이 아닙니다. 하지만 이미 첫 번째 책을 엮어낸 '실수'를 저질렀기에 밀린 숙제를 마무리하는 심정으로 독자들께 떠나보냅니다.

어느 날 오후, 부처님이 시자侍者 아난을 데리고 강으로 나가 목욕을 했습니다. 돌아오는 길에 아난의 청을 받아들여 한 브라만의 집을 방문했습니다. 그곳에서는 때마침 여러 수행자들이 모여 이야기를 나누고 있었습니다. 대화가 끝나기를 밖에서 기다리던 부처님이 문을 밀고 안으로 들어서며 물었습니다.

"그대들은 여기에 모여 무엇을 하고 있었는가?"

"방금까지 저희들은 법法―진리에 대해 토론하고 있었습니다."

대답을 들은 부처님이 짤막하게 말씀하셨습니다.

"훌륭하다, 비구들이여. 그대들이 함께 있을 때 마땅히 할 일은 두 가지뿐이다. 하나는 법―진리에 대해 담론하는 것이고, 다른 하나는 침묵을 지키는 것이다."

경전에 나오는 일화입니다. 가능하면 부처님의 이 말씀을 잊지 않으려 합니다. 침묵으로 걸러진 말, 침묵의 깊은 샘에서 길어 올린 언어가 참다운 말이요, 언어라고 생각합니다. 그렇다면 별 알맹이 없는 글들을 이렇게 묶어내는 일은 또 얼마나 부질없고 무모한 망발입니까? 혀를 끌끌 차시는 부처님 모습이 손에 잡힐 듯 그려지기도 합니다. 그래도 감히 소망해봅니다. 부디 이 글들이 읽으시는 분들에게 작은 위안과 잠시의 휴식이기를.

'돈 안 되는' 책을 출판해준 눌와의 김효형 대표, 깔끔한 디자인에 내용을 꼼꼼하게 살펴 좋은 책을 만들어주신 편집부 여러분께 감사드립니다.

계사년 여름
직지사 수정헌에서
홍 선

일
러
두
기

1. 이 글은 직지성보박물관 홈페이지 〈한시 한 소절〉에 올린 내용 가운데 추린 것입니다.

2. 지은이 특유의 필치를 느끼게 하는 표현이나 옛말, 방언, 북한어 등은
   가능한 한 그대로 살렸으며 외국어 표기도 지은이의 뜻을 최대한 존중하였습니다.

3. 종이를 고르고 그 위에 일일이 한시의 원문과 번역문을 옮겨 적은 지은이의 손글씨를
   책 뒤 〈손글씨 모음〉에 싣고 글을 쓴 연월일을 밝혔습니다.

보리밭
麥田

양만리
楊萬里

가없는 푸른 비단 구름 베틀 솜씨런가
한 폭 그대로 대지의 옷 되었구나
이야말로 농가의 참된 부귀 아니리
눈꽃이 모두 녹자 보리싹이 살지누나

無邊綠錦織雲機
全幅靑羅作地衣
此是農家眞富貴
雪花銷盡麥苗肥

○ 모 옥션에서 보내온 경매 도록을 들추다 오월의 보리밭을 그린 그림에 눈길이 멎었습니다. 앞쪽의 개망초 몇 포기와 달개비꽃 두 송이 그리고 낮게 솟은 먼 산을 제외하곤 온통 푸른 보리 이삭이 출렁이는 그림이었습니다. 화가는 작가노트에서 이렇게 적고 있었습니다. "오월 초록빛 보리밭에선 조상들의 슬픈 혼백이 떠도는 것일까, 이런 정서를 그리고 싶어서 영원히 끝날 것 같지 않았던 수많은 보리수염과 알들을 끊임없이 그렸던 것 같다."

그림을 보면서 제가 떠올린 건 꽃다운 처자의 머릿결보다 부드럽게 일렁이는 오월의 푸른 보리밭이 아니라, 황토 고랑 사이로 보리싹이 싱싱하게 줄지어 자라는 붉은 보리밭, 해토머리의 남도 보리밭이었습니다. 어쩌면 그것은 꼭 서른한 해 전에 보았던 풍경 때문인지도 모르겠습니다. 겨울 안거를 마친 발길이 야트막한 언덕 하나를 넘을 때 눈에 가득 들어오던 강진만 구강포의 바다 빛깔과, 하얀 고무신을 붙들고 좀체 놓아주지 않던 찰진 황톳길 가녘으로 붉은 황토와 선명한 대비를 이루며 수없이 푸른 줄을 긋고 있던 보리밭 풍광이 문득 떠올랐기 때문은 아닐까 모르겠습니다.

지난주에는 금어金魚 석정石鼎스님을 뵈러 부산엘 다녀왔습니다. 화승畵僧다운 화승으로는 이제 스님이 유일하지 싶습니다. 여든이 넘은 스님은 둥근 안경 너머 두 눈이 우물처럼 맑아 보였고, 화필畵筆 또한 여전히 굳건하셨습니다. 스님의 작업실―금정산 자락의 선주산방善住山房 뜨락에는 하마 매화 꽃잎이 분분히 날리고 있었습니다. 묵은 등걸에서 점점이 꽃을 틔우는 매화의 자태에 스님의 모습이 저절로 겹쳐 보였습니다.

이미 남녘에는 봄이 한창인지 꽃 얘기로 수런거립니다. 돌아오는 길에 운전하며 듣던 방송으로는 주말이면 섬진강가 매화들이 절정을 이루리라 했습니다. 올해는 철이 일러 벚꽃도 사오일쯤 일찍 피리라는 얘기도 들렸습니다. 만나는 사람마다 꽃 얘기로 인사를 나눕니다. 남녘보다는 한참 늦어 이곳 황악산 자락에서는 매화를 보려면 한 주일쯤 더 기다려야 할 듯합니다만, 어제 암자로 오르다 보니 양지바른 곳에는 생강나무가 희미하게 노란 꽃을 틔우고 있었습니다. 바야흐로 봄이 시작되고 있으니 만발하는 꽃 소식에 꽃 얘기가 당연하지 싶습니다.

그래도 어디 봄이 꽃으로만 오던가요? 여인들의 가벼워진 옷차림으로도 봄은 오고, 풀리는 강물로도 봄은 오고, 맵지 않은 바람으로도 봄은 오고, 쟁깃날에 일어서는 흙덩이로도 봄은 오지 않던가요? 눈밭을 이기고 자란 푸른 보리 새순으로도 봄은 정녕 다가오지 않던지요? 푸르른 목마름으로 봄은 오고, 푸르른 목마름이 봄을 오게 하는 것은 또 아닐는지요? 그래서 모두들 꽃 얘기에 여념 없을 때, 저 혼자 엉뚱하게 붉은 황토 이랑에 보리가 푸르게 줄지어 자라는 남도의 보리밭을 떠올리는 것은 아니리라 짐작해봅니다.

양만리
楊萬里

1127~1206

중국 남송의 학자·시인. 자는 정수廷秀, 호는 성재誠齋. 육유陸游·범성대范成大·우무尤袤와 더불어 남송사대가南宋四大家의 한 사람으로 꼽힌다. 처음에는 강서시파江西詩派를 추종하였으나 뒤에는 당시唐詩를 본받아 자유롭고 자연스러운 시를 썼다. 자유롭고 활달한 시체詩體가 특징이다. 시집 《강호집江湖集》과 고전의 주석인 《성재역전誠齋易傳》 등이 있다.

春

봄밤의 단비
春夜喜雨

두보
杜甫

봄
○
둘

고마운 비 시절을 아시는가
봄 되니 때 맞춰 내려주시네
바람 따라 가만히 밤에 찾아와
가늘어 소리 없이 만물에 스미누나
들길 덮은 구름 하냥 어두워
조각배 등불만이 저 홀로 밝더니
새벽녘 분홍 비에 젖은 곳 보라
금관성에 겹겹이 꽃이 피느니

好雨知時節
當春乃發生
隨風潛入夜
潤物細無聲
野徑雲俱黑
江船火獨明
曉看紅濕處
花重錦官城

○ 잠결에 가만가만 두드리는 노크 소리를 듣습니다. 바람조차 잠든 새벽, 귓가에 속삭임처럼 처마 끝에서 토드락거리는 낙숫물 소리가 들립니다. 먼 길을 다녀와 고단한 잠이 새벽녘 봄비 소리에 달콤한 선잠으로 바뀌고 말았습니다. 제게는 나직나직 꿈결을 흔들던 낙숫물 소리가 봄비의 감미로운 속삭임, 봄의 조심스런 노크 소리였습니다.

일 때문에 이틀 동안 지리산 자락의 쌍계사엘 다녀왔습니다. 섬진강, 강이 풀리고 있었습니다. 곱게 부푼 매화 꽃망울들이 차례로 꽃잎을 열고 있었습니다. 지리산 자락에 낮게 엎딘 집과 마을들이 아른거려 보였습니다. 들판 위로 햇살이 푸짐히 내리고 있었습니다. 봄이 오고 있었습니다.

두보
杜甫

712~770

중국 당대唐代의 시인. 자는 자미子美, 호는 소릉少陵. 중국 최고의 시인으로 시성詩聖이라 불렸다. 필적할 만한 시인은 오직 이백李白뿐이라 하여 흔히 이 두 사람을 '이두李杜'라고 병칭한다. 이백이 개인적인 감정과 사상을 노래한 반면 두보는 사회문제와 백성들의 고통을 담아내는 데 힘썼다. 《두공부집杜工部集》 등의 시집이 있으며 시 1400여 수가 현전한다.

春/

친구 집 가는 길에
城西訪友人別墅

옹도
雍陶

예수교 다리 서쪽 비스듬한 작은 길
해 높도록 그대 집에 닿지 못함은
시골 마을 골목이란 흔히들 서로 닮아
담장마다 봄바람이 탱자꽃 하아얀 별무더기 이룬 탓!

澧水橋西小路斜
日高猶未到君家
村園門巷多相似
處處春風枳殼花

◯ 엊저녁, 고등학교에서 교편을 잡고 있는 친구의 전화. 섬진강 강마을에 매화가 한창이랍니다. '놀토'인 다음 주말에 함께 가지 않겠냐는 권유. 꽃멀미가 난다는 구례의 산수유도, 섬진강의 매화꽃도 아직은 보지 못했으니 마음이야 굴뚝같지만 전날과 다음 날의 일정 때문에 아쉽지만 거절치 않을 수 없었습니다. 오늘 아침 다시 온 친구의 전화. 재차 잘 생각해보랍니다. 꽃이야 그 꽃이나 사람은 같을 수 없다나요[年年歲歲花相似 / 歲歲年年人不同]. 이쯤 되면 '초대'가 아니라 '유혹'인가요?

꽃 마중에 길이 꼭 하나뿐은 아닐 듯합니다. 친구처럼 매화 찾아 탐매探梅하는 것이야 사뭇 '고전적인' 방법이겠습니다. 산수를 방 안에서 즐기는 와유臥遊가 있듯, 꽃 그림 한 폭 걸어두고 바라보는 와간臥看도 생각할 수 있겠습니다. 굳이 이름난 곳 아니면 또 어떻습니까? 시골 마을 담장 위로 별무더기를 이룬 하얀 탱자꽃을 만날 수 있다면 그도 괜찮지 싶습니다. 게다가 그것이 벗을 찾아가는 길이라면! 그도 저도 아니면 어느 봄날 우연히 마주쳤던 봄꽃의 광경을, 그때의 울렁임을 가슴에 가만히 되피워 올리는 것도 그리 나쁘지만은 않을 것 같습니다. 하니, 벗이여 그대는 떠나라, 차 한 잔 받쳐 들고 나는 내 작은 뜰을 거닐리니.

옹도
雍陶

805~?

중국 당대의 시인·문신. 자는 국균國鈞이다. 시어사侍御史, 간주자사簡州刺史 등을 지냈으며 나중에는 관직을 사양하고 은거하였다. 시를 잘 지었는데 여행의 정서를 담은 작품이 많다. 저서에 《당지집唐志集》이 있다.

春

산중
山中雜詩

오균
吳均

봄 ○ 넷

산 가으로 흩어지는 연기를 좇고
대숲 새로 떨어지는 낙조를 줍네
새들은 처마 위로 날아오르고
구름은 창 아래서 피어오르지

山際見來煙
竹中窺落日
鳥向簷上飛
雲從窓裏出
(三首 中 第一首)

○ 저녁 공양을 마치고 잔잔한 바람이 좋아 산길을 올랐습니다. 쉬엄쉬엄 걸어서 모자 쓴 이마에 땀이 슬몃 밸 즈음 암자에 닿았습니다. 대문은 늘 그렇듯 조용히 닫혀 있었습니다. 이곳에 올라 적막에 잠긴 문을 볼 때마다 "고요함 사랑하여 산에 살기에[山居惟愛靜] , 한낮에도 사립문 닫아둔다오[白日掩柴門] , 사귐이 적다고 남들은 싫다지만[寡合人多忌] , 구하는 바 없으니 도는 절로 높아지리[無求道自尊]" 하던 시구詩句가 떠오릅니다.

대문의 문미門楣에는 전에 보지 못하던 편액 하나가 새로 걸려 있었습니다. 자란 모습대로 휘어진 느티나무 판자에 은, 선, 암, 세 글자를 한글로 새겼습니다. '흐음, 맵시를 지긋이 다스린 수굿한 글씨에, 더구나 한글 편액이라……', 첫소리보다 끝소리를 조금씩 크게 쓴 글씨들을 바라보며 이렇게 속으로 가늠하는 사이 문이 열립니다.

"편액을 거셨네요?"

"어떠요, 글씨?"

"참하네요, 새김도 괜찮고. 도장을 찍지 않아 깔끔해서 좋네요."

"그리 밉상 아니면 된 거지 뭐."

이렇게 홀로 암자를 지키는 스님과 주고받으며 대문 안으로 들어섭니다.

"물은 안 모자랍니까, 많이 가문데?"

"아무렴, 남지는 않아도 부족이야 하겠소. 아마 이 산중에서 내가 기중 나은 물 마실 거요."

불현듯 겨울 가뭄이 심했는데 이 높은 암자에 물은 넉넉할까 싶어 물었더니 돌아온 답이 이랬습니다.

"헌데 어쩐 일로? 다 저문 해거름에……."

春/

"아, 봄바람이 이렇게 사람을 불러내네요. 여쭐 말씀도 있고."

옛 책을 뒤적이다 도무지 알 수 없는 대목이 몇 군데 있어, 이럴 때야 하나라도 더 보고 들은 분이 낫지 않을까 하여 봄바람을 핑계로 겸사겸사 올라온 길이었습니다. 마루에 오르며 물 한 잔을 청했습니다. 숟가락을 놓자마자 은근히 가파른 길을 오른 탓인지, 아니면 주인 말마따나 산중에서 기중 나은 때문인지 물은 참 달고 시원했습니다.

"글을 보다 모르는 게 있어서요. 혹시 '소대연령疏臺連岭'이라고 들어보셨어요?"

"글쎄······."

"그럼 '유나상維那床'은 뭡니까?"

"모르겠는걸······."

"'사오로四五路'는요? 삼장탱三藏幀이니, 제석탱帝釋幀이니 하는 탱화들과 나란히 열거한 걸 보면 무슨 불화의 하나가 아닌가 싶은데······."

"허, 갈수록 산이로세. 짐작도 안 가는구먼."

"왜 화주化主 명단에 이름을 직접 밝히지 않고 갑신甲申·을유乙酉·병술丙戌·정해생丁亥生이라고 쓴 걸까요? 또 한 군데는 경진庚辰·신사辛巳·임오壬午·계미생癸未生이라고 쓰여 있던데요."

"아, 아무개가 모르는 걸 낸들 별 수 있남. 더 물어봐야 나올 게 없을 테니 우리 산신각이나 보고 가소. 터 좀 본다는 사람들마다 묘하다고 탐을 내거든."

이 얘기 저 얘기 다문다문 이어지던 자리를 털고 일어서며 암자의 주인이 앞장을 섰습니다. 법당 왼편으로 한 걸음 물러난 곳에 한

칸짜리 작은 전각이 다소곳했습니다. 아닌 게 아니라 자리가 묘해서 열두어 걸음 앞쪽에서 산줄기가 우뚝 서버리는 자리에 선 산신각은 마치 말안장 위에 올라앉은 듯했습니다. 근자에 그렸다는 탱화까지 한 바퀴 돌아본 뒤에야 발길을 돌렸습니다.

차츰 어둠이 내리는 뒤란을 되짚어 내려오다 무언가 희미하게 밝은 기운이 느껴져 고개를 돌렸습니다. 매화였습니다. 암자와 함께 해를 더해가며 이제는 둥치가 제법 실팍해진 매화나무가 바야흐로 개화를 시작하고 있었습니다.

"아니 나무도 주인을 알아보나, 내 방에는 아직 기척도 없는데 여기는 벌써 꽃을 피우네요."

그러고 보니 좀 이상하긴 했습니다. 큰절보다 암자가 한참 높은 곳에 있건만 못해도 사나흘, 아니면 대엿새쯤 일찍 꽃을 피운 셈이니까요. 그뿐이 아니었습니다. 법당 앞 큼직한 돌무더기 가장자리로는 가는 수선화 잎줄기가 땅이 좁도록 촘촘하게 솟아올라 있었습니다.

"이 많은 꽃대가 다 꽃을 피웁니까?"

"너무 배게 자라는걸, 일간 좀 옮겨 가소."

하나둘 불빛이 돋는, 저 아래 먼발치에 펼쳐진 도시로 눈길을 주면서 무심히 던진 말을 이렇게 받으며 주인이 발걸음을 맞추었습니다. 나란한 발길은 대문을 지나 한 구비 모퉁이를 도는 곳까지 이어지다 멈추었지만, 두런두런 이야기는 걸음이 멎은 자리에서도 건너편 비구니 스님들이 사는 암자의 불빛을 바라보며 어두우니 들어가시라, 살펴가라는 말을 서로에게 건넬 때까지 한참을 더 이어졌습니다.

암자를 내려오는 두 손에 밀감 두 알 — 손아귀에 안기는 씨알 작은 한라봉 두 개가 들려 있었습니다. 일부러 내오신 걸 배부르다 사

양할 수 없어 들고 나선 것이었습니다. 매끈하지 않아 오히려 탄력
적인 그 감각을 따라 보일 듯 말 듯하던 옛 얼굴처럼 짤막한 일화 한
토막이 떠올랐습니다.

대옹戴顒이 봄날 밀감 두 개와 술 한 말을 가지고 길을 나섰다. 어디
를 가느냐고 누가 물었다. 대옹이 대답했다. "꾀꼬리 소리를 들으러
가오. 이 소리는 속된 귀에 침을 놓아 시상을 고취시키는데, 그대는
아오?"

戴顒春携雙柑斗酒. 人問何之. 日往聽黃鸝聲, 此俗耳鍼砭 詩腸鼓吹, 汝知之乎?

풍지馮贄,《운선잡기雲仙雜記》권2에서

'쌍감두주雙柑斗酒 왕청황리往聽黃鸝'라는 유명한 고사를 낳은 이
야기입니다. 우리도 마음만 먹으면 밀감 두 개 들고 꾀꼬리 소리 찾
아 나설 수 있는 시절이 눈앞에 있습니다. 내일이나 모레쯤, 저는 우
선 수선화 몇 뿌리 얻으러 다시 한 번 은선암隱仙庵 — '신선이 숨어
사는 암자'에 오르렵니다.

오균
吳均

469~520

중국 남조의 시인. 자는 숙상叔庠이다. 산수시山水詩를 즐겨 썼으며 문체가 청발淸拔하고 고
기古氣가 있어 당시 '오균체吳均體'로 불렸다. 저서에《속제해기續齊諧記》등이 있고 명나라
사람이 편집한《오조청집吳朝請集》이 있다.

봄빛
春望

백광훈
白光勳

무슨 언약 있길래 날마다 창가에서
이른 아침 발 걷고 저녁 늦게 발 내리나
봄빛 한창 봉우리 위 절에서 빛나련만
꽃 저편 멀어지는 스님, 모르러 모르시리

白日軒窓似有期
開簾時早下簾遲
春光正在峯頭寺
花外歸僧自不知

봄
○
다
섯

○ 방을 옮긴 뒤부터 뜰을 좀 다듬어야지, 하는 맘을 먹었지만 손을 대지 못하다가 땅이 풀린 뒤에야 손을 봅니다. 팔뚝만큼 둥치가 굵은 목련과 단풍나무는 담 밖으로 내보냈습니다. 담 너머로 넌지시 바라보는 게 더 나을 듯해서입니다. 마당 가운데까지 마구 번진 해당화는 화단에 자란 한 그루만 남겨두었습니다. 옥잠화도 너무 많은 듯하여 몇 무더기만 자리를 마련해주었습니다. 그늘에서 웃자라는 수선화 두 포기는 기단 아래 양지쪽으로 옮겨 심었습니다. 대문 옆에서 멋없이 키만 큰 수수꽃다리는 담 모퉁이에 새 보금자리를 정해주고 위로 자란 가지를 쳐주었습니다.

목련과 단풍나무와 수수꽃다리가 이사 간 자리, 옥잠화와 해당화가 비워준 곳에는 매화 네 그루와 백송 한 그루를 맞아들였습니다. 지인에게 부탁하여 어렵사리 구한 청매 두 그루는 제법 나이를 먹어 밑둥치가 손목만큼 굵기는 합니다만, 매화의 태가 나려면 오래 기다려야 될 듯합니다. 백송도 대여섯 해는 지나야 흰 줄기를 볼 수 있지 싶습니다. 축대 위 낮은 담장 가장자리로는 오죽烏竹 다섯 무더기를 새로 심었습니다. 향기가 천 리를 간다는 천리향千里香 한 그루도 외벌대 기단 아래 새 집을 마련해주었고, 화단 빈 자리에는 앵두나무도 심었습니다. 지난해 깊은 가을까지 푸른 그늘을 드리워주던 파초는 얼지 말라고 감싸주었던 보온 덮개와 비닐을 벗겨주었습니다. 숨쉬기가 한결 시원해졌지 싶습니다.

오늘은 매발톱꽃, 술패랭이꽃의 꽃씨를 뿌릴 참입니다. 화분에 심긴 치자나무도 제자리를 잡아주려 합니다. 그 밖에도 궁리가 많습니다. 석류나무도 한 그루쯤 심고 싶고 초롱꽃, 은방울꽃, 금낭화 같은 야생화도 구했으면 좋겠고 채송화, 국화, 과꽃 따위도 제철에 피었으면 좋겠습니다. 장마철부터 초겨울까지 뒤뜰에서 솟는 물을 모아 손바닥만 한 연못이라도 꾸며볼까 하는 생각도 이리저리 궁글리고 있습니다.

봄이 제 뜰에만 한창이라는 착각 속에 하루해가 기웁니다

백광훈
白光勳

1537~1582

조선 중기의 시인. 자는 창경彰卿, 호는 옥봉玉峯이다. 명나라 사신에게 시와 글을 지어주어 감탄케 하여 '백광선생白光先生'의 칭호를 얻었다. 송시宋詩의 풍조를 버리고 당시를 따르며 시풍을 혁신했다고 하여 최경창崔慶昌·이달李達과 함께 삼당시인三唐詩人으로 불린다. 문집으로 《옥봉집玉峯集》이 있다.

春/

산길에서
山行卽事

김시습
金時習

손주 놈 잠자리 잡고 노친네 울 고치고
작은 시내 봄 냇물에 해오라비 멱을 감고……
푸른 산 끝나는 곳 갈 길은 아득한데
등藤 치팡이 비껴 메고 길 가는 나그네여

兒捕蜻蜓翁補籬
小溪春水浴鷺鷥
靑山斷處歸程遠
橫擔烏藤一箇枝

◯ 삼춘양광三春陽光을 두 어깨에 받으며 걸어본 적 있으신가요? 땅
도 풀리고 얼음도 풀리고 마음도 헤실헤실 풀리는 봄볕, 봄 햇살에
온몸을 내맡긴 채 먼 산 빛이 푸르스름한 이내 속에 아득한 들길을
빈 마음으로 걸어본 적 있으신가요? 서러운 햇살에 취해 어디에고
몸만 닿으면 잠들 것 같은 졸음을 동무 삼아 봄 길을 차마 걸어본 적
있으신가요?

옥뜰에 서 있는 눈사람
연탄 조각으로 가슴에 박은 글귀가
섬뜩합니다.
〈나는 걷고 싶다〉
있으면서도 걷지 못하는 우리들의 다리를 깨닫게 하는
그 글귀는
단단한 눈뭉치가 되어
이마를 때립니다.

신영복 선생의 옥중 서간집《엽서》에 그림과 함께 실린 글귀입
니다. 선생의 이 글귀가 "단단한 눈뭉치가 되어 이마를 때"리던 기억
이 새롭습니다.
일단 자리 털고 일어나 햇살 속으로 나서봅니다.

김시습
金時習

1435~1493

조선 초기의 학자·문인. 생육신의 한 사람이다. 자는 열경悅卿이고, 호는 매월당梅月堂·청
한자淸寒子·동봉東峰·벽산청은碧山淸隱·췌세옹贅世翁 등을 두루 썼다. 어릴 때부터 신동으로
이름이 났으나 세조의 왕위 찬탈과 단종복위운동이 실패한 뒤에는 승속을 넘나드는 생활
로 일생을 보냈다. 한문소설 《금오신화金鰲新話》를 비롯하여 많은 시와 글을 남겼다.

春

27

벗에게 가는 길
訪胡隱君

고계
高啓

봄
○
일
곱

물 건너고 또 물 건너
꽃 보고 다시 꽃 보며
봄바람 이는 강 언덕 길 따라
몰란결에 그대 집에 닿아버렸네

渡水復渡水
看花還看花
春風江上路
不覺到君家

◯ 우리는 수많은 관계로 맺어져 있습니다. 그 다양한 관계 가운데 아무런 수식도 필요 없이 진실 그 자체만으로 생명을 획득한 만남은 어떤 것이 있을까요?

하긴, 이런 질문은 요즘 같은 시대에는 묻기조차 민망한 노릇인지도 모르겠습니다. 그렇지만 타인에게 진심으로 사랑받고 꼭 있어야 할 존재로 인식된다는 것은 가슴 따뜻해지는 기분 좋은 일입니다. 누군가를 사랑할 수 있음은, 나보다 소중한 누군가가 있음은 그래도 내가 인간이라는 움직일 수 없는 증거이며, 안도이며, 구원입니다. 좋은 사람과의 만남은 우리가 희망을 버리지 말아야 하는 하나의 이유입니다.

혹시 '인드라망'을 아시는지요? 천신天神인 인드라Indra가 지닌 보배 그물[網]이랍니다. 하늘을 온통 뒤덮을 만큼 큰 이 그물은 그물코마다 찬란하고 영롱한 구슬이 달려 있습니다. 그리고 그 구슬 하나하나마다 나머지 낱낱 구슬의 모습이 비치고, 하나의 구슬 안에 나타나는 일체 구슬의 영상마다 또 다른 모든 구슬의 영상이 비치기를 중중무진重重無盡하게, 무한히 되풀이한답니다. 이른바 일즉다一卽多 다즉일多卽一, 하나가 모두요 모두가 하나인 세계입니다. 장엄하게 아름다운 우주입니다.

나는, 또 당신은 인드라망을 이루는 구슬 하나, 하나가 아니겠습니까? 당신 안에 내가, 내 안에 당신이 있습니다. 너는 나, 나는 너입니다.

고계
高啓

1336~1374

중국의 원말元末·명초明初의 시인. 자는 계적季迪, 호는 청구자靑邱子이다. 어려서부터 문재文才가 있었으나 시국이 불안정하여 벼슬을 하지 못했다. 모함을 받아 39세에 사형을 당했다. 근체시近體詩에서는 강남 수향水鄕의 풍물을 담백하게 노래했고, 고체古體에서는 역사나 전설에서 취재한 낭만을 노래하였다. 저서로는 《고청구시집高靑邱詩集》이 있다.

春/

빈산에 봄비 내려
空山春雨圖

대희
戴熙

봄
○
여
덟

빈산에 봄비 넉넉하더니
사이사이 울긋불긋 복사꽃 살구꽃
꽃은 피었건만 보는 이 하나 없어
물에 비친 제 그림자 저 혼자 들여다보네

空山足春雨
緋桃間丹杏
花發不逢人
自照溪中影

○ 해인사海印寺를 품고 있는 산이 가야산伽倻山이고, 해인사에 이르는 계곡이 홍류동紅流洞입니다. 시오리 홍류동계곡은 백담사百潭寺로 거슬러 오르는 설악산의 백담계곡百潭溪谷, 불영사佛影寺를 안고 흐르는 울진의 불영계곡佛影溪谷, 덕유산德裕山의 구천동계곡九千洞溪谷 등과 더불어 남한의 가장 길고 아름다운 계곡의 하나로 꼽힙니다. '홍류동'이라는 이름을 글자 그대로 풀이하면 '붉음이 흐르는 골짜기'쯤 될 듯합니다. 봄에는 계곡 양쪽에 피어난 진달래, 철쭉의 그림자가 가득 비쳐 흐르는 물이 붉고, 가을에는 붉은 단풍잎이 수면을 뒤덮어 이런 이름을 얻었다고 합니다.

이 홍류동 골짜기 한 구비에 농산정籠山亭이란 한 칸자리 작은 정자가 하나 서 있고, 계곡 건너 맞은편에는 제시석題詩石이라 불리는 바위가 직립해 있습니다. 그렇게 부르는 이유는 이 바위에 유명한 시 한 수가 새겨져 있기 때문입니다. '농산정'이라는 정자 이름도 이 시의 끝 구절에서 유래한 것입니다. 시는 이렇습니다.

미친 듯 겹친 돌 때려 첩첩한 산 울리니   狂奔疊石吼重巒
지척 간의 말소리도 분간키 어려워라   人語難分咫尺間
세상의 시비 소리 들릴까 저어하여   常恐是非聲到耳
흐르는 물더러 온 산 감싸게 하였으리   故教流水盡籠山

최치원崔致遠 선생의 〈제가야산독서당題伽倻山讀書堂〉이라는 작품입니다. 시도 시려니와 매우 힘차고 속도감 있는 필치의 행초서行草書로 써내려간 글씨 또한 누구의 솜씨인지 확인할 길이 없지만 거칠 것 없이 활달하여 눈을 시원하게 합니다.

꼭 서른두 해 전부터 몇 년 동안 해인사에 산 적이 있습니다. 그때 틈이 나면 한차례씩 제시석과 농산정으로 발걸음을 하곤 했습니다. 어떤 때는 빈손으로 걸어 내려가 한 바퀴 정자와 바위를 보고 오기도 했고, 어떤 때는 종이와 먹방망이를 비롯한 자잘한 도구를 챙겨 하루 종일 탁본을 하기도 했습니다.

어제 가야산 자락의 옛 절터에 새 절을 지어 살고 있는 스님이 전화를 했습니다. 해인사 시절을 함께 보낸 분입니다. 전화를 끊으면서 하는 말이 "한번 넘어 오이소"였습니다. 불현듯 홍류동계곡과 제시석과 농산정이 떠올랐습니다. 지금쯤 홍류동계곡에는 진달래가 점점이 피어 흐르는 물에 제 모습을 비추고 있을 듯합니다. 보는 이 있건 없건 시냇물에 비친 제 모습을 물끄러미 굽어보고 있지 싶습니다.

대희
戴熙

1801~1860

중국 청대淸代의 군인·학자·화가·시인. 자는 순사醇士, 호는 유암楡庵·송병松屛·녹상거사 鹿牀居士이다. 그림에 능하여 전통적 남종화南宗畫의 특색을 지녔으나 형식적 독창력이 부족했다는 평도 있다. 태평천국의 난이 일어났을 때 절강성浙江省 진압에 참가했다가 자결하였다.

서울의 봄비
紫陌春雨

박경하
朴景夏

서울의 거리에 봄바람 일자
봄날의 구름처럼 춘흥春興이 흥건하여
술화로 곁에 두고 취하여 쓰러지면
살구꽃 꽃비에 옷자락이 다 젖는다

東風紫陌來
興與春雲聚
醉臥酒爐邊
衣沾杏花雨

봄 ○ 아홉

○ 예불을 마치고 돌아서는 새벽하늘에 봄비에 씻긴 열아흐레 달이 말갛게 밝고, 달이 밝아서인지 별은 듬성듬성 박혔습니다. 시절 모르고 더웠던 공기도 청량해져 그 맑은 기운이 심신을 쾌쾌롭게 합니다.

산의 봄은 하루가, 아니 시간 시간이 새롭습니다. 버드나무, 단풍나무, 물푸레나무, 느티나무, 전나무, 잣나무, 이깔나무, 졸참나무, 갈참나무, 자귀나무, 때죽나무, 물오리나무…… 따위 온갖 나무들이 아기가 주먹 펴듯 여린 잎을 피워 올려 숲을 만들어가고 있습니다. 너무 사랑스러워 보기에 아깝고 안타깝습니다. 초록빛이 얼마나 다양한지를 요즘처럼 남김없이 확인할 때가 따로 있을지요? 한 나무 한 나무가 제 빛깔 제 모습을 간직하면서도 서로 어우러져 꽃밭보다 싱그런 숲을, 거대한 숲의 바다를 이루어감이 경이롭기 그지없습니다.

한 꽃이 지고 나면 또 한 꽃이 피어납니다. 산수유, 매화, 목련, 진달래, 개나리, 살구꽃이 한꺼번에 터져 오르더니, 이윽고 벚꽃이 온 도량에 꽃잎을 흩뿌리고 난 뒤 이제는 수수꽃다리, 명자꽃, 산벚꽃이 한창인데 영산홍, 철쭉도 하나둘 봉오리를 열고 있습니다. 가히 마제무처피잔홍馬蹄無處避殘紅, 떨어진 붉은 꽃잎을 피해 말발굽을 디뎌볼 길이 없다던 옛 시인의 '탄식'이 정녕 엄살도 과장도 아님을 실감하는 요즈음입니다.

가랑비 갓 개어 맑은 기운 새로운데	小雨初晴淑氣新
바위의 꽃 비단이요 풀밭은 융단일레	岩花如錦草如茵
꽃 사이 오솔길이 구름 뚫고 사라지고	花間細路穿雲去
시내 위 실바람은 두건을 흔드누나	溪上和風吹角巾

조성기趙聖基, 〈산사山寺〉

오늘 산사의 봄 풍경은 정녕 이러합니다. 하면, 서울의 봄 경치 또한 저 시와 같은가요? 과연 도시의, 저잣거리의 봄은 어떠한지요?

박경하
朴景夏

?~?

조선 숙종 때 사람으로 자는 대성大聲, 호는 구계龜溪이다.

일찍 일어나
早起

이상은
李商隱

바람이 이슬 흔드는 담담히 맑은 새벽
발 너머 홀로 일어나는 사람이여
꾀꼬리 지저귀고 꽃은 웃는데
필경 이 봄은 누구의 봄이런가?

風露澹淸晨
簾間獨起人
鶯花啼又笑
畢竟是誰春

봄

○

열

◯ 벚꽃이 진 자리에 철쭉, 영산홍, 황매화, 만첩매, 수수꽃다리, 자목련, 명자꽃, 산복숭아, 돌배나무, 조팝나무, 산벚꽃…… 따위가 한꺼번에 꽃을 피우고 있습니다. 특히 산벚꽃에 정이 갑니다. 연초록 새순이 번져가는 봄산에 다문다문 박혀서 한 템포 늦게, 그러나 너무 늦지는 않게 피어나는 자태가 반갑습니다. 애써 자신을 감추려 않고, 굳이 자신을 드러내려 않는 그 수수하고 담박함이 마음에 듭니다. 멀리서 바라보면 엷은 꽃구름 같은, 흰빛도 분홍빛도 아닌 빛깔이 은은하고 연연하여 편안합니다. 그리움에 빛깔이 있다면 아마도 산벚꽃의 빛깔이 그에 가깝지 않을까 모르겠습니다. 일찍이 염계선생濂溪先生은 연꽃을 두고 "멀리서 바라보기 알맞고 너무 가까이 두기에는 적당치 않다[可遠觀而不可褻翫]"고 했습니다만, 산벚꽃이야말로 멀리서 바라볼 수밖에 없고, 그래서 우리에게 허락하는 여백이 고맙습니다. 그 거리가 좋습니다. 벚꽃이 봄이 선사하는 화사한 축복이듯 산벚꽃도 자연이 내린 조촐한 선물입니다.

밤새 소곤소곤 내리던 봄비가 창문이 훤해진 지금도 여전히 자분대고 있습니다. 어쩌면 저리도 순하고 곱게 내리는지, 잠든 아가의 숨소리 같습니다. 봄비 속에 한참 동안 부산을 떨던 새소리도 멀어진 이 시각엔 낙숫물 소리만이 도란도란 자꾸 말을 걸어오고 있습니다. 꽃은 웃고, 새는 노래하고, 봄비는 나 좀 보라 나 좀 보라 사근사근 속삭이고 있습니다. 이럴 때 새벽에 홀로 일어나 필경 이 봄은 누구의 봄이냐고 묻는 건 너무 야속한 일인가요, 너무 잔인한 물음인가요? 봄이 젖고 있습니다.

이상은
李商隱

812~858

중국 당대의 시인. 자는 의산義山, 호는 옥계생玉谿生이다. 사회적 현실을 반영하거나 위정자를 풍자한 시도 있으나 애정을 주제로 한 시에서 그의 창작력이 돋보인다. 저서로는 《이의산시집李義山詩集》, 《번남문집樊南文集》 등이 전한다.

春

동심초
春望詞

설도
薛濤

봄 ○ 열하나

꽃잎은 하염없이 바람에 지고
만날 날은 아득타, 기약이 없네
무어라, 맘과 맘은 맺지 못하고
한갓되이 풀잎만 맺으랴는고

風花日將老
佳期猶渺渺
不結同心人
空結同心草

한시 옮김, 안서岸曙 김억金億

○ 산벚꽃 짧은 생애가 불어난 봄물 소리에 분분히 흩날리는 저녁 어스름.

설도
薛濤

770?~830?

중국 당대의 명기名妓 겸 여류 시인. 자는 홍도洪度이다. 시를 잘 지어 유명해졌고 당시 유명한 사대부들과 즐겨 교류하였다. 위천韋泉이 지방을 다스릴 때 설도를 주석에 불러 시를 짓게 하고 여교서女校書라 칭했다고 한다. 현재 500여 수의 시가 전한다.

春

잠 깨어
睡起

수초
守初

봄

○

열
둘

해 기울어 처마 그리매 시냇물에 발 담그고
발 걷으니 실바람은 저 홀로 먼지를 쓰네
창밖에는 꽃 지는데 사람 자취 적적하여
낮꿈 깨자 산새 울음 마디마다 봄의 소리

白斜簷影落溪濱
捲簾微風自掃塵
窓外落花人寂寂
夢回林鳥一春聲

○ 외로움에 꽃들을 피웠는가, 산벚나무여

淋しさに花さきぬめり山櫻

요사부손[与謝蕪村]

봄 꽃 가을 달 여름 바람 겨울 눈.

수초
守初

1590~1668

조선 중기의 승려. 속성은 성成, 자는 태혼太昏, 호는 취미翠微. 어려서 승려가 되어 각성
覺性의 문하에서 법을 이었다. 여러 곳의 명승名僧들을 찾아 편력하고 유학에도 통달하여
당시 유학자들로부터 높은 평가를 받았다. 문집에 《취미시집翠微詩集》이 있다.

春/

전원의 즐거움
田園樂

왕유
王維

연분홍 복사꽃잎 간밤 비를 머금었고
푸르른 버들가지 아침 연기 두른 듯
지는 꽃잎 아이는 쓸 줄 모르고
꾀꼬리 고운 소리에 산사람은 아직도 꿈결

봄

○

열
셋

桃紅復含宿雨
柳綠更帶朝煙
花落家童未掃
鶯啼山客猶眠

◯ 옛글이나 시를 읽다가 '그래, 바로 이거야! 내가 표현하고 싶었던 게' 하는 경험을 종종 하실 겁니다. 그 기막힌 표현에 한편으론 감탄하면서, 다른 한편으론 마치 내 글이나 시를 빼앗긴 듯한 아쉬움과 안타까움, 혹은 '왜 나는 언제나 한발 늦는 걸까' 하는 한숨과 자탄을 경험하지 않은 사람은 드물 듯합니다. 그럼 이 구절은 어떻습니까? 춘성무처불비화春城無處不飛花. 봄의 성 어디엔들 꽃잎 분분히 흩날리지 않는 곳 있을라구요. 또 이런 구절도 있습니다. 답화귀거마제향踏花歸去馬蹄香. 꽃잎 밟고 돌아가니 말발굽도 향기롭답니다. 이런 걸 보면 봄은 시인들의 시 속에 다 담겨 있는 듯합니다. 어쩌면 수도 없이 많은 시 하나하나가 바로 꽃이 아닐까 하는 생각도 하게 됩니다.

사월의 하늘을 향해 한낮에 켜 든 자목련 꽃등불이 환하게 밝더니 땅에 닿을 때마다 쿵, 하고 소리를 내며 한 장 한 장 꽃잎이 무겁게 지고 있습니다.

왕유
王維

699?~761

중국 당대의 시인·화가. 자는 마힐摩詰. 어려서부터 천재로 알려졌다. 시에 불교의 영향이 많이 나타나 있어 '시불詩佛'이라고도 불린다. 자연미를 관찰하여 회화적인 수법으로 시정詩情을 드러내는 산수전원시가 뛰어나다. 그림에도 조예가 깊어 뒷날 남종화의 창시자로 평가받는다. 저서로 《왕우승집王右丞集》 등이 있고 400여 수의 시가 현전한다.

春

꽃 아래서
題崔逸人山亭

전기
錢起

봄
○
열
넷

붉게 물든 이끼에 작약 꽃길 한결 깊고
산창에는 푸르른 산기운이 가득하이
부러우이, 꽃 아래서 취한 그대가
꿈속에선 나비 되어 훨훨 날고 있으리니

藥徑深紅蘚
山窓滿翠微
羨君花下醉
蝴蝶夢中飛

◯ 작약芍藥은 모란[牡丹]에 비해 야취野趣가 있어 좋습니다. 두 꽃이 비슷해서 중국 사람들은 모란을 목작약木芍藥이라고 부르면서도 모란을 화품花品의 으뜸으로, 작약을 그 다음으로 쳤답니다. 그래서 모란을 화왕花王, 작약을 화상花相이라 일렀다고도 합니다. 그러나 일찍이 염계선생이 지적했듯이 모란이 부귀한 꽃이기는 해도 조촐하고 호젓한 품새야 작약에 앞서지 못함이 분명해 보입니다. 얼마 전 전시에 나온 강요배 화백의 〈산작약〉 앞에서 오래 머물던 기억이 불현듯 떠오릅니다. 모란보다 작약에 기우는 마음이 그저 개인적인 취향인가요?

요즘 절에는 모란이 이운 자리를 작약이 대신하고 있습니다. 아울러 아침 햇발이 크게 오르기 전까지는 앞뒤의 미닫이와 창이 젖은 한지에 연초록 물감을 풀어놓은 듯 푸르스름합니다. 봄도 깊고, 숲도 깊고, 절집의 정적도 깊고…… 한 가지 부족한 것은 다만 한가한 나비의 꿈 — 장주莊周의 호접몽胡蝶夢인가 봅니다.

전기
錢起

722~780?

중국 당대의 시인. 자는 중문仲文. 산수자연을 청신하고 담백하게 읊거나 은둔을 찬미하는 시를 썼다. 율시를 잘 지었고 특히 경치를 묘사한 시구가 뛰어나다. 이른바 대력십재자大曆十才子 가운데서도 중요한 시인으로 꼽힌다. 저서에 《전고공집錢考功集》이 있다.

春 /

45

패랭이꽃
石竹花

정습명
鄭襲明

세상 사람 너도나도 붉은 모란 좋아하여
덩달아 뜰 가득 모란만을 가꾸나니
뉘 알리, 거친 풀 우거진 저 들판에도
아름다운 꽃떨기 무리 지어 있음을
그 빛깔 마을 못의 달빛을 꿰고
바람에 실린 향기 나무 언덕에 불어오나
시골이라 외지다고 찾는 이 없어
아리따운 그 맵시 늙은 농부 몫일 뿐

世愛牧丹紅
栽培滿院中
誰知荒草野
亦有好花叢
色透村塘月
香傳壟樹風
地偏公子少
嬌態屬田翁

봄 ○ 열다섯

○ 도시─사람들이 살고 있습니다. 모듬살이의 꽃입니다. 장미요, 모란입니다. 그 속에서 다시 꽃이 피고, 바람이 불고, 눈이 내리고, 또 꽃이 핍니다. 도시가, 도시가 피워내는 꽃이 아름답습니다. 화려하고 현란합니다.

들과 산, 풀과 나무와 벌레와 짐승이 살고 있습니다. 사람도 삽니다. 생명의 터전입니다. 그 속에도 꽃이 피고, 바람이 불고, 눈이 내리고, 또 꽃이 핍니다. 제비꽃이 피고, 패랭이꽃이 피고, 하늘타리가 피어납니다. 들과 산도, 들과 산이 키워내는 꽃도 아름답습니다. 소담하고 조용합니다.

봄이 깊습니다. 혼자서, 오늘은 들길을, 산길을 걷고 싶습니다.

정습명
鄭襲明

?~1151

고려 중기의 문신. 인종의 신임을 얻어 승선承宣에 올랐으며 의종 때 한림학사에 이어 추밀원지주사를 지냈다. 인종의 유명遺命을 받들어 의종의 잘못을 거침없이 간諫하다가 왕의 미움을 사기도 했다. 《동문선東文選》에 3편의 시와 2편의 표전表箋이 전한다.

春

농가
田家

강희맹
姜希孟

봄 ○ 열 여 섯

흐르는 물 졸졸졸 진흙에 발 빠지고
아지랑이 뽕나무에 비둘기 구구우구
할애비 일을 알고 손주 놈 튼실하여
대홈통에 물을 대어 언덕 서편 넘어가네

流水涓涓泥沒蹄
暖烟桑柘鵓鳩啼
阿翁解事阿童健
剡竹通泉過岸西

◯ 석존釋尊은 나도 밭 간다고 했습니다. 믿음의 씨앗과 지혜의 멍에로 진실의 김을 매는 일에 아둔하고 게으른 저로서는 석존처럼 담담하게 나도 밭 간다고 말할 자신이 전혀 없습니다. 그래서 늘 세상의 일하는 분들께 빚을 지고 있다는 부채감에 시달립니다. 어떤 분은 마당 쓸고 방 닦고 책 읽고 글 쓰며 설법하고 강의하는 것도 노동이 아니냐며 위로를 합니다. 고마운 말씀이긴 하나, 또 그런 면이 없지는 않으나 적어도 저로서는 이런 노동이 "천년을 두고 오늘 봄의 언덕에 한 그루 나무를 심을 줄" 아는 그런 노동임을 흔쾌히 승인할 수 없기에 노동하는 분들에 대한 채무감을 종내 떨쳐버릴 수 없습니다.

논에서, 밭에서, 들녘에서 재게 손발을 놀리는 모습 ─ 봄 햇살에 녹아들어 한 점 봄 풍경이 되어버린 그 모습이 경건합니다. 일하기 좋은 때는 놀기도 좋아서 옛 시인이 "봄빛은 아지랑이 아른대는 경치로 나를 부른다[陽春召我以烟景]"고 했을 만큼 봄의 유혹은 강렬합니다. 그럼에도 묵묵히 몸을 움직이는 저분들은 누구입니까? 일하는 모습이 아름답습니다.

강희맹
姜希孟

1424~1483

조선 전기의 문신. 자는 경순景醇, 호는 사숙재私淑齋·운송거사雲松居士·국오菊塢·만송강萬松岡. 희안希顔의 동생이다. 뛰어난 문장가이며 공정한 정치를 했다는 평을 받으며 세종·세조·성종에게 모두 총애 받았다. 농촌 사회에서 널리 전승되던 민요나 설화에도 남다른 식견을 갖추었다. 문집으로 《금양잡록衿陽雜錄》이 있다.

春

꽃비
花雨

휴정
休靜

봄
○
열
일
곱

앞산 뒷산 흰 구름
동서 시내 밝은 달
스님은 좌선하고 꽃비는 지고
나그네는 잠들고 산새는 울고

白雲前後嶺
明月東西溪
僧坐落花雨
客眠山鳥啼

○ _이번에는 수학올림피아드 1등 하게 해주시고 우리 가족 건강하게 해주세요. 2009. 5. 2 전우O

_①휴대폰 갖고 싶다. ②공부를 잘하고 싶다.(1등) ③운동 잘하고 싶다. ④장래 희망이 되었으면 좋겠다.(요리사) ⑤가족들과 행복하게 살고 싶다.

_키 크게 해주세요. P.S 동생(민정) 말 잘 듣게 해주세요.

_앞으로 외할머니 집에서 살게 해주세요.

_할머니 다리 낫게 해주시고, 중간고사 100 맞게 해주시고, 우리 가족 건강하게 해주세요.

_①우리 가족 행복(건강)하게 해주세요. ②휴대폰 사주게 해주세요.(아무 폴더) ③언효랑 사랑하게 해주세요. ④공부 열심히 하게 해주세요. ⑤용돈 올려주세요. ⑥친구들과 친하게 해주세요.

_공부 잘하게 해주시고 날씬해지고 싶어요. 김서O

_어머니, 아버지 오래오래 사세요. 그리고 제 생일에 CD 사주세요.

_나의 소원은 부모님, 동생과 함께 부자로 행복하게 사는 것

_야구 잘하고 싶어요. 고용O(인천 OO초등학교)

_부처님, 저 수학 잘하게 해주세요. 정희O

_우리 노래방 장사 대박

_강채O 제 꿈은 연예인입니다.

_박서현 우리 딸 아픈 병 다 낫게 해주세요. 2009. 5. 2 엄마

_2학기 때 전교 부회장 되게 해주세요. 고모 시집가게 해주세요. 진희 언니 다리 다 낫게 해주세요. 아빠 직장에서 진급하게 해주세요. 부처님 사랑해요.

_부처님 안녕하세요. 저는 수민이에요. 외할아버지, 외할머니, 외삼

촌, 이모, 이모부 그리고 사촌동생 수용이, 할아버지, 할머니, 큰아
빠, 고모 오래오래 살게 해주시고 오빠, 나 공부 잘하게 해주세요♡
_남동생 낳게 해주세요. 민서 동생
_다리에 멍 안 들게 해주세요 -JH- 2009. 5. 2
_내년 여군 시험 꼭!! 붙게 해주세요 부처님. -혜정
_감기가 다 낫고 중간고사 1등 하게 해주세요.
_천방지축 영현이 귀엽게 자라길. 부처님 오래오래 사세요.
_추희O 꿈 : 요리사. 소원은 강아지 키우기
_부처님, 저희는 대구 동구 OO동의 성진·수연이 가족이에요. 할머니
가 자주 아프셔서 걱정이 많아요. 부디 건강하게 오래 사셔서 모두
행복할 수 있도록 도와주세요. 내년에 또 찾아뵐게요. 사랑해요♡
_아빠가 우리와 엄마에게 신경질을 안 내고 술, 담배를 끊었으면 좋
겠다. 2009. 5. 2 전아O
_제 복이 다른 사람들에게 퍼지도록. 金成O
_즐거운 인생 둥글게 살고 싶어. 행복한 가정 그냥 둥글게 둥글게~
_①뷰티폰 갖고 싶다. ②친구들과 사이좋게 지내기 ③올해도 좋은 1년
이 되었으면 좋겠다. 연주
_첫째, 그래도 다 클 때까지 186cm는 되야 되니까 키 좀 크게 해주
세요. 제발~ 둘째, 공부 좀……잘하게 해주세요. 셋째, 여자친구
좀 만들어주세요. 여자친구는 김효O이라고…… 어쨌든 꼭 이루어
지게 해주세요. 감사합니다. 2009. 5. 2 土요일 -박선O
_남의 잘못보다는 자기 자신을 돌아보길. 남의 탓보다는 자신에 잘
못이 없었는지 먼저 보길.
_명재O 신유O 꼭 다시 만나서 행복하길 부처님 기원합니다.

_어린이날 선물 받고 싶어요! 히히히 부모님 사랑해요! ㅋㅋㅋ PS 부자! MP3 공부 더 잘하고 싶어요. ㅜㅜ

_①울 가족 영원히 행복! ②선영이 : 이상한 말 하지 않게 ③폰 바꾸기 ④언니랑 화해 ⑤아무 소원 다 이루어지게

_란♡룡 부처님♡ 사랑하는 저희 둘, 영원히 행복하게 살아갈 수 있도록 은혜 많이 베풀어주세요~ ^-^

_포항MBC 그리기 대회에서 좋은 상 받게 해주세염~!!^-^

_덕천 옛날시골짜장 대박나게 해주세요.

_사랑하는 사람 모두 건강하게 해주세요.

_저는 이규O이라고 하는 여자아이고요, 요번 시험 꼭 노력해서 올백 맞게 해주세요. 그리고 오랫동안 우리 가족이 오래 살도록 해주시고요. 한 가지 더는 제 꿈이 이루어지도록 해주세요.

수박등, 팔모등 따위 오색등이 저마다의 소원이 담긴 꼬리표를 매달고 마당 가득 줄지어 흔들리고 있습니다. 그 옆 금줄에는 아이들과 가족들의 귀엽고 예쁘고 소박하고 안타깝고 씁쓸한 바람들이 가볍게 팔랑거리고 있습니다. 초파일 이튿날, 산사의 아침 풍경입니다.

등꽃이 하나, 둘 지고 있습니다. "가랑비에 등꽃이 진다[細雨落藤花]" 하더니, 초파일 저녁 살풋 내린 봄비에 청보랏빛 등불을 켜 들었던 등꽃들이 이제는 마당에 멍석만 한 꽃자리를 만들고 있습니다. "아침 들어 밤비 그치니[夜雨朝來歇] / 떨어진 꽃 푸른 놀에 젖었네[靑霞濕落花]"라는 시 그대롭니다.

솔꽃—송홧가루가 온 절을 휘젓고 있습니다. 바람이 한차례 지

春/

53

날 때마다 소나무에서 먼지처럼 솔가루가 노랗게 피어오릅니다. 빗물이 고였던 자리마다 가장자리에는 노란 나이테가 새겨졌습니다. 하루에도 몇 번씩 비질을 하지만 마루는 언제나 연노랑 솔꽃가루로 엷게 덮여 있습니다. "손님 찾아와 사립문 비로소 열었더니[客來門始開] , 온 산 솔꽃이 한고비를 넘고 있네[萬壑松花老]"라던 그 시절입니다. "솔꽃 비 머금어 하늘하늘 지누나[松花含雨落繽紛]"라던 그 광경입니다.

오월 산사의 깊은 봄 풍경입니다.

휴정
休靜

1520~1604

조선 중기의 승려·승병장. 속성은 최崔, 자는 현응玄應, 호는 청허淸虛. 묘향산에 오래 머물렀기 때문에 묘향산인妙香山人 또는 서산대사西山大師로 불린다. 휴정은 법명이다. 임진왜란이 일어나자 승군을 조직하여 평양 탈환에 공을 세웠다. 그 뒤 제자 유정惟政에게 승병을 맡기고 묘향산 원적암圓寂庵에서 여생을 보냈다.

늦봄
晩春

장공상
張公庠

봄
○
열
여
덟

또 봄 하나 일없이 허공으로 흩어질 때
반쯤 취해 콧소리로 읊조리며 서성이네
길 양쪽 복사꽃 한차례 비 지나자
꽃잎 피해 말발굽 디딜 곳이 없구나

一春無事又成空
擁鼻微吟半醉中
夾道桃花新過雨
馬蹄無處避殘紅

○ 정화연간1111~1117에 휘종徽宗은 화박사원畵博士院을 설립하고는 매양 이름난 화가들을 불러들여 당시唐詩 한 구절을 골라 시험을 보이곤 했다. 일찍이 "대숲은 다리 곁 주막집을 잠갔네[竹鎖橋邊賣酒家]"라는 구절을 화제畵題로 삼은 적이 있었다. 여러 사람들이 모두 주막집의 묘사에 골몰하였는데, 오직 이당李唐만은 단지 다리 끝 대숲 밖에 술기[酒帘]—주막임을 표시하는 깃발 하나가 휘날리게 했다. 황제는 그가 '잠글 쇄鎖' 자의 의미를 제대로 표현했다고 좋아했다.

또 한번은 "꽃잎 밟고 돌아가는 말발굽이 향기롭네[踏花歸去馬蹄香]"라는 구절로 시험을 보였다. 여러 사람들이 모두 말을 그리고 꽃을 그렸으나, 어떤 사람 혼자 몇 마리 나비가 말의 꽁무니를 따라 날고 있는 모습만을 그렸다. 황제는 역시 그 작품을 높이 샀다.

또 어느 날은 "푸르른 천지 가운데 점 하나만 붉어라[萬綠叢中一點紅]"라는 구절이 시험 문제였다. 여러 사람 가운데 어떤 이는 수양버들 숲 속 누대 위에 한 미인이 있는 장면을 그렸다. 어떤 이는 뽕나무밭의 한 여인을 그리고, 또 어떤 이는 만 그루 소나무 숲에 학 한 마리를 그렸다. 그런데 유송년劉松年만이 홀로 만경창파 바닷물 속의 한 덩이 붉은 해를 그렸다. 황제는 그 그림을 보고 크게 기뻐했다. 그 규모가 넓고 크며 뜻을 펼치는 것이 발군임을 좋아한 것이었다. 황제가 좋아한 것은 모두 으뜸으로 뽑혔다.

政和中 徽宗立畵博士院 每召名公 必摘唐人詩句試之. 嘗以竹鎖橋邊賣酒家爲題. 衆皆向酒家上著工夫, 惟李唐但於橋頭竹外掛一酒帘. 上喜其得鎖字意. 又試踏花歸去馬蹄香. 衆皆畵馬畵花, 有一人 但畵數蝴蝶飛逐馬後. 上亦喜之. 又一日 試萬綠叢中一點紅. 衆有畵楊柳樓臺一美人者, 有畵桑園一女者, 有畵萬松一鶴者. 獨

劉松年 畫萬波海水而海中一輪紅日. 上見之 大喜. 喜其規模闊大 立意超絶也. 凡
喜者 皆中魁選.

당지계唐志契, 《회사미언繪事微言》에서

장공상
張公庠

?~?

중국 송나라 사람. 자는 원선元善이다. 1049년 진사에 급제하여 벼슬길에 올랐다. 《궁사
宮詞》가 전한다.

春/

봄 시름
春怨

왕안석
王安石

마당 쓸고 꽃 지길 기다리느니
아까워라, 꽃잎 위에 먼지라도 앉을세라
놀이꾼들 봄날을 사랑할 줄 모르지
꽃 밟으며 도리어 봄 찾는다 하는걸

掃地待花落
惜花輕著塵
遊人少春戀
踏花却尋春

봄 ○ 열 아 홉

◯ 꽃치고 피는 모습이 아름답고 사랑스럽지 않은 것은 아마도 없을 듯합니다. 그렇다고 모든 꽃이 아름답게 지는 것은 아닙니다. 오히려 대부분의 꽃들이 추하게, 지저분하게 지지 않던가요? 아니면 그저 범박하게, 잘해야 애잔하게 사그라듭니다.

그런데 개중에는 그렇지 않은 경우도 더러 있습니다. 딱히 아름답다고까지는 말할 수 없을지 몰라도 힘차거나, 적어도 추하지는 않은 자세로 이우는 꽃들도 있기는 합니다. 동백꽃은 그 붉디붉은 꽃송이가 채 시들기도 전에 제 몸을 아낌없이 지상에 떨굽니다. 그래서 동백 숲에는 흔히 땅 위에 흐드러지게 떨어진 꽃들로 또 하나의 꽃밭이 만들어집니다. 여러 해 전 남도의 바닷가에서 그렇게 떨어져 흩어진 동백꽃을 보면서 남몰래 부끄러워한 적이 있습니다.

뙤약볕에 항거라도 하듯 힘차게 피어 있던 주홍빛 능소화도 그 선연한 빛깔과 윤곽 뚜렷한 모습이 한창일 때 미련도 없이 제 몸뚱이를 대지에 뿌립니다. 뚝뚝 떨어져 누운 자태가 차라리 오만스러워 보이기조차 합니다. 더 오래 전 어른을 모시고 살면서 아침마다 곱게 비질한, 고운 모래 깔린 마당에 당당하게 몸을 부린 능소화 꽃송이들을 차마 쓸지 못해 오래도록 망설이던 기억이 새롭습니다.

우리네 살림살이는 어떠한가요?

왕안석
王安石

1021~1086

중국 북송의 정치가·문장가·시인. 자는 개보介甫, 호는 반산半山. 문장가로도 이름이 높아 당송팔대가唐宋八大家의 한 사람으로 꼽혀왔다. 특히 엄격한 작시 방법으로 지어진 만년의 작품은 격조가 고고하고 서정에도 뛰어나 그의 시를 대표한다. 저서로 《임천집臨川集》 외에 《노자주老子注》의 일부가 남아 있다.

春/

꽃길
花徑

이행
李荇

그윽한 꽃 수도 없이 제 빛깔로 피어난
오솔길 굽이지며 산을 따라 오르네
봄바람아 남은 향기 쓸어가지 말아라
멋스런 분 있다면 술을 싣고 오리니

無數幽花隨分開
登山小逕故盤廻
殘香莫向東風掃
倘有閑人載酒來

이따금 꽁무니에 황진을 흩날리며 버스가 지나간다. 버스 꽁무니에는 지게며 버들광주리며 하여 대롱대롱 매달린 것이 인근 읍의 장날인 모양이다. 그렇게 보면 낡은 버스도 갈지자로 달리는 것 같고 그 뿌연 황진도 장막걸리 빛깔이다. 가도 가도 줄지 않는 신작로를 가다 보면 슬며시 길벗이 아쉬워진다.

아까부터 저만큼 앞을 두루막자락을 허리띠에 걷어부치고 새끼꼬리에 달린 조깃마리를 앞뒤로 휘저으며 가는 장꾼에 뒤따를 양하고 부지런히 걸음을 재촉하는데 좀체 거리가 죄어지지 않는다. 설마 길가에 주막이라도 나서면 만나겠거니 하고 뒤따랐으나 신작로 길섶에는 주막도 없어 그냥 그만한 거리를 두고 가게 되었다. 산과 산 사이로 기어간 신작로 위에 트인 하늘은 게슴츠레한 봄기운이 감돌고 있는데 불어오는 바람결은 쌀쌀하여 귓전이 시리다. 산응달에는 희끗희끗 잔설이 남았고 양지쪽 밭이랑은 어자녹자 하여 축축이 젖어 있다. 때로 찬 바람결이 잠잠해지면 곧 이마에 땀이 배어 오르는 것을 알겠다.

주막은 서너 그루 노송 그늘에 의지하여 호젓하였다. 빈 소달구지를 끈 황소가 툇마루 끝에 누워서 실눈으로 여물을 새기고 있었다. 달구지꾼은 몇 잔째인지 놋잔에 넘실대는 막걸리를 단숨에 들이키곤 했다. 소금 안주를 술에 젖은 엄지 끝에 꾹 찍어서 핥고, 그리고 또 한 잔 단숨에 들이키곤 한다. 달구지꾼의 취안은 여물을 새기던 소의 실눈을 차츰 닮아가고 있었다.

한 무릎 세워 술두루미 앞에 앉은 주모도 드뭇한 길손이 들 때마다 대작을 해온 탓인지 얼굴이 불그레하였다. 서로 이렇다 말을 건네는 것도 아닌데 주막머리 툇마루에는 푸짐한 이야기가 오가는 듯하다. 주모는 말 대신 술국자만 느런히 움직이고 있었다.

주막에서 한숨 들인 다음에는 길이 더 노곤해졌다. 아까 새끼꼬리에 달린 조기를 휘저으며 주막을 외면하고 가던 장꾼은 어디만큼 갔는지 보이질 않는다. 뒤를 돌아보니 주막은 가물가물한데 소달구지가 따라오지 않는 것으로 미루어 달구지꾼은 아직도 늑장을 부리고 있는 모양이다. 동행 없는 봄길이 나른하여 포플러 가로수를 헤며 간다.

예용해, 〈보령〉, 《예용해전집》 5에서

어제는 몇몇 벗들과 하늘재를 걸어서 넘었습니다. 길섶에는 청보랏빛 으름꽃이 향기를 흩뿌리고 있었고, 함박꽃이 하마 벙글어 우윳빛 속살을 수줍게 내밀고 있었고, 두견화는 남은 꽃을 힘겹게 매달고 있었습니다. 쪽동백, 물오리, 물푸레, 개옻나무 들이 연두색 이파리를 키워가고 있었습니다. 물박달나무도 너덜거리는 껍질에 감싸여 숲의 식구로 얼굴을 내밀고 있었습니다.

맨발로 걷는 이는 두 짝 신발을 양손에 흔들며, 이야기를 나누는 이들은 마주 보고 도란거리며, 사진을 찍는 이는 연신 고개 돌려 두리번거리며, 또 그도 저도 아닌 이는 저만치 뒤처져 꾸물거리며 산길을 넘었습니다. 시간은 저 홀로 제 길을 가고, 우리는 우리대로 우리 길을 걸었습니다. 하늘은 높고 숲은 청청했습니다.

이제는 걸으려는 사람도 별로 없고 걸을 만한 길도 그다지 많이 남지 않은 듯합니다. 사람이 길을 만들고, 길이 사람을 만든다는 말을 떠올려 봅니다. 오늘, 올 들어 처음으로 뻐꾸기 소리를 들었습니다. 뻐꾸기 울음은 봄이 가고 여름이 오는 소리라지요? 남은 봄 더 가기 전에 두 발에 의지해 길을 나서봄도 괜찮지 싶습니다.

이행
李荇

1478~1534

조선 중기의 문신·시인. 자는 택지擇之, 호는 용재容齋이다. 시와 문장에 뛰어났으며 글씨와 그림에도 능하였다. 《성종실록》 편찬에 참여하였고 《동국여지승람》의 신증新增을 주도했다. 저서에 《용재집容齋集》이 있다.

벗에게
示友人

임억령
林億齡

봄 ○ 스물하나

옛 절 문에 기대 봄을 다시 보내노니
비를 좇아 지는 꽃 옷 위에 점을 찍네
돌아올 때 소매 가득 푸른 향기 남아서
나풀나풀 산나비 멀리까지 따라오네

古寺門前又送春
殘花隨雨點衣頻
歸來滿袖淸香在
無數山蜂遠趁人

○ 못된 버릇이 하나 있습니다. 머리 깎고 살면서도 그림이든 조각이든 잘생기지 않으면, 아름답지 않으면 그 부처님 앞에 선뜻 머리가 조아려지지 않습니다. 그저 그런 불상佛像이나 불화佛畵에는 보는 눈 때문에, 익은 습관 탓에 고개를 숙이긴 합니다만, 깊이 몸을 낮춰 절하고픈 마음이 잘 일지는 않습니다. 곁에서 정성껏 절하는 분들을 보면 송구스럽고 민망하기 짝이 없습니다. 겉모습에 불성佛性이 깃드는 것이 아님을 번연히 알면서도 좀체 이 버릇은 고쳐지지 않습니다. 이제껏 분별심 하나 떨치지 못했으니 정녕 딱한 노릇입니다.

친구 따라 강남 간다고, 일요일인 어제는 여러 벗들을 따라 남쪽의 큰 절 통도사엘 다녀왔습니다. 그곳 박물관에서 대표적인 고려불화의 하나인 일본 가가미진자[鏡神社] 소장 수월관음도水月觀音圖를 전시하고 있었습니다. 전시 끝나기 전에 한번 다녀와야지, 하고 벼르던 터라 함께 보러 가자는 벗들의 권유를 이 일 저 일 제쳐두고 못이기는 체 받아들인 것입니다.

높이 4미터, 폭 2.5미터가 넘는 큰 화폭에 그득히 담긴 보살상은 거룩하였습니다. 온몸에 소름이 돋았습니다. 솜털이 낱낱이 일어섰습니다. 1995년 여름 호암아트홀에서 처음 마주하던 때의 사무치던 느낌이 되살아났습니다. 지난겨울, 교토[京都]의 고류지[廣隆寺] 전시관에서 목조반가사유상을 하염없이 바라보던 기억이 새삼스럽게 떠올랐습니다. 사람들은 앉고 서고 기대고 절하며 그 장엄한 종교예술품과 만나고 있었습니다. 어쩌면 그런 광경조차 고류지 전시관에서 본 모습하고 그렇게 닮았던지요.

봄이 아주 가버리기 전에 장삼과 가사를 챙겨 다시 갈까 합니다. 설사 지는 꽃이 비를 따라 옷 위에 점을 찍지는 않더라도, 나비들 나풀나풀 따라올 일 없더라도, 차분한 늦봄의 어느 날 거룩한 수월관음의 발 아래 엎드려 간절한 마음으로 절을 하고 싶습니다. 그렇게 이 봄을 보내고 싶습니다.

임억령
林億齡

1496~1568

조선 중기의 무신. 자는 대수大樹, 호는 석천石川. 천성적으로 도량이 넓고 청렴결백하며 시문을 좋아하여 사장詞章에 탁월했다고 평가받았다. 문집에 《석천집石川集》이 있다.

낙화
落花古調賦

백거이
白居易

만류해도 기어이 가버리시니
봄 떠나자 사람만 쓸쓸하여라
싫다건만 바람은 그칠 줄 몰라
바람 일자 꽃 그림자 속절없구려

留春春不住
春歸人寂寞
厭風風不定
風起花蕭索

봄

○

스
물
둘

◯ 묵은 등 넝쿨이 세 군데 자라고 있습니다. 시렁을 올려주어 해마다 무성히 잎을 피우고 꽃을 매답니다. 올해는 열흘 남짓 집을 비운 사이 제물에 꽃을 피우고 제물에 꽃을 떨구었습니다. 꽃을 떨군 자리에 화문석보다 크고 고운 연보랏빛 꽃자리가 만들어졌습니다.

유치원 꼬마들이 소풍을 왔나 봅니다. 선생님을 따라 어설프게 줄을 지어 종종거리며 재잘거리는 모습이 병아리 떼 그대롭니다. 선생님이 꼬마들을 짝지워 꽃자리 위에 앉히고는 사진을 찍어줍니다. 얌전히 쪼그리고 앉아 사진을 찍는 꼬마들이 예쁘고 표정이 한없이 사랑스럽습니다. 열심히 사진을 찍어주는 앳된 선생님이 안쓰럽습니다.

떨어진 꽃도, 가버리는 봄도 아이들은 아랑곳이 없나 봅니다. 그럴 테지요. 그래야겠지요.

백거이
白居易

772~846

중국 당대의 시인. 자는 낙천樂天, 호는 향산거사香山居士. 이백·두보와 함께 당의 3대 시인으로 꼽히기도 하고, 원진元稹과 더불어 '원백元白'이라고 병칭되기도 한다. 사회의 모순과 민중의 고통을 노래하는 사회시를 썼다. 평이함과 대중적 통속성이 특징이다. 문집으로는 《백씨장경집白氏長慶集》이 있으며 3200수가 넘는 방대한 양의 시를 남겼다.

소쩍새
子規

이중
李中

늦봄에는 울음 울음 핏방울이 되어서
해마다 꽃 질 무렵 차마 듣자 못하겠네
달 보며 강가에선 부디 울지 마시게
술 깬 길손 헤어지는 정자 위에 있느니

暮春滴血一聲聲
洛花年年不忍聽
帶月莫啼江畔樹
酒醒遊子在離亭

○ 나라 앗긴 망제望帝의 넋이라지요, 두견새는? 그래서 귀촉도歸蜀途, 귀촉도歸蜀途 하고 운다지요? 그래서 불여귀不如歸, 불여귀不如歸 하며 운다던가요? 두견새 소리를 듣고 있습니다. 세상이 모두 잠든 때 홀로 깨어 울고 있는 귀촉도 소리를 듣고 있습니다. 울음 울음 피가 맺혀 "봄산은 한없이 아리땁건만[春山無限好], 도리어 '돌아감만 못하리'라 말하는[猶道不如歸]" 불여귀 소리를 듣고 있습니다. 일지춘심一枝春心을 알 리 없던 자규子規 소리를 듣고 있습니다. 접동 접동 아우래비 접동, 하며 진두강 가람가에 와서 운던 접동새 소리를 듣고 있습니다. 오월을 보내는 밤, 소쩍소쩍 원망이 담긴 소쩍새 소리를 귀 기울여 듣고 있습니다.

소쩍새 울음은 맑습니다. 명랑하지는 않지만 밤이 깊을수록 도드라지는, 만물을 잠재우며 깨우는 속삭임이자 절규입니다. 접동새 울음은 깊습니다. 울수록 밤은 깊어지는, 귓가에 맴도는 소리가 아니라 가슴에 파문을 일으키는 울림입니다. 귀촉도 울음은 멉니다. 가까이서 들어도 아득한, 구름 너머 세상 밖의 공명共鳴입니다. 불여귀 울음은 은은합니다. 햇빛처럼 하얗게 부서지는 것이 아니라 달빛처럼 고즈넉하게 젖어드는 그늘의 수사학입니다. 자규의 울음은 고요합니다. 울수록 고요해져 기어이 큰 산 하나를 한없는 정적에 빠트리는 침묵의 목소리입니다. 하여, 마침내 두견새 소리는 혼자 부르는 노래, 고독의 언어입니다.

두견새 소리를 들으며 한 사람을 생각합니다. 잠든 세상과 불화했던 남자, 시대에 비겁하지 않았던 사내, 부엉이바위에서 고독하게 몸을 던진 사람을 생각합니다. 꿈을 버리지 않았고 분노할 줄 알았으며 참된 눈물을 흘릴 줄 알았던, 끝내 사람답고자 했던 사람에게 작

별의 말을 전합니다. 소쩍새가 웁니다. 저 소리를 닮았던 그대, 그대
또한 저 소리를 들으시는지? 서역西域 만릿길, 눈물 아롱아롱 가지
마시고 눈부신 노을 아래 모란이 지듯 부디 그렇게 먼 길 가소서.

_두견새와 소쩍새는 서로 다른 새입니다. 그러나 과거 문학작품에서 두견새는
항용 소쩍새를 의미했고 여기서도 그러합니다.

이중
李中

?~?

중국 오대五代 때 남당南唐 농서隴西 사람이다. 자는 유중有中. 시와 문장에 뛰어났다. 《벽운
집碧雲集》 3권이 전한다.

봄잠
醉眠

당경
唐庚

산은 태고인 양 고요하고
해는 어린 시절처럼 길기도 하지
남은 꽃도 오히려 취할 만하고
새소리 낮잠을 방해할 리 없어라
세상일에 어두워 문은 항상 닫혀 있되
시절은 어느덧 돗자리가 편한 계절
꿈결에 종종 좋은 시구 떠오르나
붓 들면 그대로 잊어버리네

山靜似太古
日長如小年
餘花猶可醉
好鳥不妨眠
世昧門常掩
時光簟已便
夢中頻得句
拈筆又忘筌

○ 당자서唐子西, 자서子西는 당경의 자字의 시에 이르길, "산은 태고인 양 고요하고 / 해는 어린 시절처럼 길기도 하지"라고 하였다. 내 집은 깊은 산속에 있어 매양 봄이 가고 여름이 올 때면 푸른 이끼는 섬돌에 가득하고 떨어진 꽃잎은 길에 수북하다. 문을 두드리는 소리 하나 없고 소나무 그림자만 들쭉날쭉하여 오르락내리락 산새 소리에 비로소 낮잠이 흡족하다.

이윽고 산의 샘물을 긷고 솔가지를 주워 쌉싸름한 차를 달여 마시며, 마음 가는 대로《주역周易》이나《시경詩經》의〈국풍國風〉,《좌씨전左氏傳》, 굴원屈原의《이소離騷》, 태사공太史公의《사기史記》그리고 도연명陶淵明과 두보의 시, 한유韓愈와 소동파蘇東坡의 글 몇 편을 읽는다. 조용히 산길을 거닐며 소나무, 대나무를 어루만지기도 하고, 높은 나무숲과 무성한 풀밭에서 어린 사슴이나 송아지와 함께 누워 쉬기도 하며, 흐르는 시냇가에 앉아 물장난을 치다가 양치질을 하거나 발을 씻기도 한다.

얼마 뒤 죽창竹窓 아래로 돌아오면 산사람이 된 아내와 어린 자식들이 죽순과 고사리나물을 만들고 보리밥을 지어 내와 흔연한 마음으로 배불리 먹는다. 창가에 앉아 붓을 놀려 되는 대로 크고 작은 글씨 수십 자를 써보기도 하고, 갈무리해둔 법첩法帖이나 필적筆蹟, 두루마리 그림을 펼쳐놓고 마음껏 살펴보기도 하며, 흥이 나면 짧은 시구를 읊조리기도 하고 간혹《학림옥로鶴林玉露》한두 단락을 쓰기도 한다.

다시 차 한 잔을 달여 마시고 밖으로 나가 시냇가를 거닐다가 밭에 있는 노인네나 시냇가의 벗들을 만나면 뽕나무며 삼베 농사를 묻고

찰벼와 메벼 이야기를 나누기도 하며 갠 날과 궂은 날을 가늠해보기도 하고 절기를 따져 헤아리기도 하면서 서로들 한바탕 이야기를 주고받는다. 돌아와 지팡이를 사립문 아래 기대두면 어느덧 석양이 산에 걸려 보랏빛 푸른빛이 잠깐 사이에 온갖 모습으로 바뀌면서 눈을 황홀하게 하며, 소잔등에서 울리는 피리 소리 짝지어 돌아오고 하늘의 달은 도장 찍듯 앞 시냇물에 제 모습을 비추고 있다.

자서의 이 구절—산은 태고인 양 고요하고 / 해는 어린 시절처럼 길기도 하지—을 음미해보면 가히 절묘하다 이를 만하다. 하지만 이 구절이 절묘해도 그 절묘함을 아는 사람은 드물다. 명성과 이익을 사냥하기에 바쁜 사람들은 다만 말 머리에 이는 자욱한 먼지나 보면서 금세 지나가버리는 인생을 허둥지둥 살 따름이니 어찌 이 구절의 절묘함을 알겠는가? 사람이 참으로 이 묘미를 안다면 소동파가 말하는 이른바 "일없이 이렇게 고요히 앉아 있으니, 하루가 그대로 이틀이라네"라는 경지여서, 만약 70년을 산다면 곧 140년을 누리는 셈이니 소득이 많지 않겠는가?

唐子西詩云 山靜似太古 日長如小年. 余家在深山中 每春夏之交 蒼蘚盈堦 落花滿徑. 門無剝啄 松影參差 禽聲上下 午睡初足. 旋汲山泉 拾松枝 煮苦茗啜之, 隨意讀周易·國風·左氏傳·離騷·太史公書 及陶杜詩韓蘇文數篇. 從容步山徑 撫松竹, 與麛犢共偃息於長林豊草間, 坐弄流泉 漱齒濯足. 旣歸竹窓下 卽山妻稚子 作筍蕨供麥飯 欣然一飽. 弄筆窓間 隨大小作數十字, 展所藏法帖筆蹟畵卷 縱觀之, 興到則吟小詩 或艸玉露一兩段. 再烹苦茗一杯 出步溪邊 解后園翁溪友 問桑麻 說秔稻 量晴校雨 探節數時 相與劇談一餉. 歸而倚杖柴門之下 則夕陽在山 紫綠萬狀 變幻頃刻 恍可人目, 牛背笛聲 兩兩來歸 而月印前溪矣. 味子西此句 可謂絶妙. 然此句

妙矣. 識其妙者蓋少. 彼牽黃臂蒼馳獵於聲利之場者 但見袞袞馬頭塵 匆匆駒隙影耳

烏知此句之妙哉? 人能眞知此妙 則東坡所謂無事此靜坐一日是兩日, 若活七十年

便是百四十 所得不已多乎?

나대경羅大經, 《학림옥로》권4에서

당경
唐庚

1071~1121

중국 송대宋代의 시인. 자는 자서子西이다. 벼슬은 승의랑承議郎을 지냈다. 시를 여러 번 고
쳐 쓰는 걸로 유명한데, 시가 간결하고 세련되며 예리하고 힘차다.

소나무 아래서
晚自白雲溪後至西岡少臥松陰下作

이서구
李書九

여름 ○ 하나

소나무 둥치 아래 글 읽노라니
책갈피에 떨어지는 솔방울 하나
지팡이 앞세우고 돌아가는 길에는
고갯마루 절반이 눈인 듯 하얀 구름

讀書松根下
卷中松子落
支筇欲歸去
半嶺雲氣白

○ 지난 주말 예닐곱 벗들과 변산반도 일대를 돌아보는 답삿길에 잠시 김영석 시인의 집에 들렀습니다.

두어 해 전, 십 년 귀향의 꿈을 이룬 시인의 집은 삼대三代가 적선積善해야 살 수 있다는 남향받이였습니다. 우뚝 멈춰 선 바위 봉우리가 뒤를 받치고, 바다를 향해 잦아드는 산줄기가 왼편 오른편에서 보듬어 안고 있었습니다. 앞으로는 마을 지나 저 멀리 곰소 앞바다가 건너다보이고, 다시 그 너머로는 푸른 이내에 젖은 산 그림자가 아득했습니다. 고개 하나 넘으면 내소사來蘇寺라는, 그래서 바람결에 종소리가 들린다는 시인의 집은 솔숲이 장했습니다. 뒷산 자락과 좌우의 산줄기가 온통 솔숲이었습니다. 줄기 붉은 소나무들이 열 길 스무 길 늘씬하게 자라고 있었습니다. 알맞게 간벌만 해준다면 이제 저 늠름한 소나무들에게 남은 건 줄기의 붉은빛이 한층 깊어지는 것, 너울 같은 잎새를 지나는 바람 소리에 귀를 씻는 일뿐으로 보였습니다.

시인은 좋아 보였습니다. 과천의 마당극제에서, 시인과 절친한 소설가 이윤기 선생 댁에서, 또 도회의 이런저런 자리에서 만날 때보다 한결 나아 보였습니다. 술을 좋아하는 시인은, 여기서 마시는 소주는 돌아서면 술이 깨고 자고 나면 개운하다고, 혼자 마시는 술맛이 그만이라고 은근한 너스레를 떨었습니다. 손주 손잡고 함께 걸을 솔숲 길이 있음을, 손주에게 보여줄 작은 시내가 솔숲 길과 나란히 흐르고 있음을 고마워했습니다. 여름에 올 손주에게 피라미를 낚을 작은 낚싯대를 만들어줘야겠다고 다짐하고 있었습니다. 농사일이 서툴러 힘이 든다며 진작, 십 년쯤 전에 낙향하지 못한 것을 서운해 했습니다. 이사를 왔다고, 새 집을 짓는다고 '축 발전'이라 쓴 봉투에 이만 원, 삼만 원을 담아 오는 동네 인심 칭찬도 잊지 않았습니다. 남도

임에도 눈이 푸지게 내리는 고장이라 설압송雪壓松 — 눈에 눌린 소나무를 싫도록 볼 수 있다고 시인은 자랑했습니다.

시인의 아내가 손수 만든 쑥개떡과 오디즙을 앞에 놓고 밝은 햇살, 맑은 바람 아래 쉬엄쉬엄 이어지던 시인과의 대화는 긴 여름날의 햇발이 어지간히 기울어서야 뒤를 보였습니다. 아무 때나 쳐들어오겠다는 '협박'을 남기고 일어서는 손에, 아직 자리가 잡히지 않아 건넬 게 없다며 시인은 시집 한 권을 들려주었습니다.《모든 돌은 한때 새였다》. 그 시집 속에 담긴 시 한 수.

흰 눈[雪]도 깨끗이 씻어
마른 뼈로 좌정坐定하니

아슬히 허공 건너는
한 올 시린 물소리

김영석, 〈좌정〉

세설헌洗雪軒 — 흰 눈 씻는 집, 이것이 문패 대신 걸린 시인의 집 편액扁額이었습니다.

이서구
李書九

1754~1825

조선 후기의 문신. 자는 낙서洛瑞, 호는 척재惕齋·강산薑山, 시호는 문간文簡. 박지원朴趾源의 문하에서 학문과 문장을 배웠다. 명문장가로 특히 시에 능해 이덕무李德懋·유득공柳得恭·박제가朴齊家와 함께 사가시인四家詩人의 한 사람으로 꼽힌다. 관조하는 자세로 주위의 사물을 관찰한 시가 많다. 문집으로《강산초집薑山初集》,《척재집惕齋集》등이 있다.

夏

손님
客至

두보
杜甫

집 가까이 남쪽 북쪽 봄 강물로 가득하여
보이느니 날마다 떼를 이룬 갈매기뿐
꽃길조차 손님으로 쓸어본 일 없더니
사립문 오늘 처음 그대 위해 열었다오
안주는 저자 멀어 몇 가지 되지 않고
술동이엔 가난하여 묵은 막걸리뿐이오만
옆집 영감 함께해도 괘념치 않는다면
울 너머로 불러 모셔 남은 잔을 비웁시다

舍南舍北皆春水
但見群鷗日日來
花徑不曾緣客掃
蓬門今始爲君開
盤飧市遠無兼味
樽酒家貧只舊醅
肯與鄰翁相對飲
隔籬呼取盡餘杯

여
름

○

둘

◯ 아무래도 산중이라 나무가 많습니다. 오래된 절이라 묵은 나무도 많습니다. 몇 아름 되는 느티나무가 곳곳에 버티고 있습니다. 수십 미터를 솟은 전나무도 있습니다. 삼십 년 전이나 지금이나 굵기가 별로 달라지지 않아 나이를 가늠할 길 없는 늙은 감나무도 여러 그루입니다. 큰 그늘을 드리우는 회화나무 몇 그루는 올해도 청청한 잎을 피워 올리고 있습니다. 키가 너무 커 비스듬히 기운 노송들은 용의 비늘처럼 마른 껍질이 점점 두꺼워집니다.

큰 나무, 오래된 나무를 볼 때마다 경건해집니다. 외경스러워집니다. 저 자신이 참으로 하잘것없어지기도 합니다. 제주도 와흘리 본향당의 당산나무를 본 적이 있습니다. 어떤 신령함이 깃들어 있었습니다. 아름드리나무에 두 손 모아 치성을 드리던 옛사람들의 마음이 짐작되기도 합니다.

저 자신을 미루어 말하자면, 사람은 참으로 왜소합니다. 나약합니다. 실수가 만발입니다. 남들을 실망시키고 슬프게 하고 화나게 만듭니다. 나무에 비하면 세상에 그다지 쓸모가 없는 듯 여겨지기도 합니다. 그래도 사람이 좋습니다. 그래서 사람이 좋습니다. 사람에 지쳐하다가도 사람으로 인해 미소를 짓습니다. 그런 사람을 사랑하기 위해 빗장을 지르고 사립문을 닫아겁니다. 그런 사람을 사랑하여 사립문 열고 울 너머로 이웃 불러 조촐한 상에 마주 앉기도 합니다.

두보
杜甫

712~770

중국 당대의 시인. 자는 자미子美, 호는 소릉少陵. 중국 최고의 시인으로 시성이라 불렸다. 필적할 만한 시인은 오직 이백뿐이라 하여 흔히 이 두 사람을 '이두'라고 병칭한다. 이백이 개인적인 감정과 사상을 노래한 반면 두보는 사회문제와 백성들의 고통을 담아내는 데 힘썼다. 《두공부집》 등의 시집이 있으며 시 1400여 수가 현전한다.

夏

맑은 날
喜晴

범성대
范成大

창가에 매실 익어 꼭지째 떨어지고
담장 아래 죽순 돋아 키 숲을 넘는구나
잇단 비에 봄 가는 줄 몰랐더니
날 개자 바야흐로 시절은 여름!

여
름

○

셋

窓間梅熟落蒂
牆下筍成出林
連雨不知春去
一晴方覺夏深

◯ 제 몸 가누기도 힘겨울 텐데, 봄에 옮겨 심은 매화나무가 듬성듬성 매실을 맺었습니다. 어물어물하는 사이에 누릇누릇 황매黃梅가 되어가기에 잠시 짬을 내어 알뜰히 따내었습니다. 실히 한 됫박은 되지 싶었습니다. 벌써 한 주일 전의 일입니다.

오른편 담장 밖은 대숲입니다. 며칠 전 담장 위로 빠꼼히 죽순이 얼굴을 내미는가 했더니 지금은 이미 여느 대나무와 키 재기를 하고 있습니다. 아직은 껍질을 벗지 못한 채 위로만 자라느라 여념이 없는 까닭에 파란 줄기는 볼 수가 없습니다. 누군가가 잡아 늘이기라도 하듯 쑥쑥 자라는 대나무에 눈길을 주다 보면 저절로 하늘 한번 쳐다보게 됩니다.

해마다 여름이면 많은 수는 아니라도 어김없이 반딧불이를 보게 됩니다. 어두운 밤하늘을 배경으로 여리게 깜빡이는 반딧불은 반딧불이가 우리에게 보내는 조난신호 같습니다. 어쩌면 그 반대, 조난 당한 인간에게 보내는 경고의 불빛인지도 모르겠습니다. 일전 늦은 귀사歸寺길에 홀로 반짝이는 반딧불이를 만났는데, 어젯밤에는 보일러를 살피느라 뒤란을 돌다가 또다시 반딧불이와 마주쳤습니다. 당분간은 반딧불이를 좀 더 자주 볼 듯합니다.

매실이 익을 무렵 오는 비를 매우梅雨라고 한답니다. 그런 시절을 황매절黃梅節이라 하구요. 근사한 단어 아닌가요? 그러면 요즈음 이따금씩 오락가락하는 비가 바로 그 매우인 셈인가 봅니다. 하여, 계절은 바야흐로 여름!

범성대
范成大

1126~1193

중국 남송의 시인. 자는 치능致能, 호는 석호거사石湖居士. 남송의 대표적인 전원시인으로 강서시파의 시풍을 바탕으로 하되 자신의 개성과 격조를 더하여 육유, 양만리, 우무 등과 함께 남송사대가로 꼽힌다. 한편 민생의 질곡을 반영한 시와 애국심 넘치는 시를 지은 애국시인이기도 하다. 《석호집石湖集》을 비롯한 여러 저술이 전한다.

夏

대 언덕에 책상 놓고
閑居

길재
吉再

여름 ○ 넷

시냇가 띠집에서 한가히 지내나니
달 밝고 바람 맑아 흥취가 겨웁고녀
손님조차 오지 않고 산새는 지저귀니
대 언덕에 책상 놓고 누워서 책을 보네

臨溪茅屋獨閑居
月白風淸興有餘
外客不來山鳥語
移床竹塢臥看書

○ 숲 그늘로 새벽 창이 열립니다. 뒷담을 넘어온 오동나무 가지가 열쳐둔 창문을 기우듬히 엿봅니다. 거기서 벋은 오동잎 부채에서 일렁, 푸른 바람이 입니다. 창문 너머, 개울 건너 숲 그늘이 자꾸 짙어 갑니다.

꾀꼬리는 여름 하늘에 소리의 꽃을 피워 올립니다. 그 꽃이 다른 꽃을 피웁니다. 꾀꼬리가 한 번 울면 능소화 한 송이가 벙글고, 꾀꼬리가 또 한 번 울면 배롱나무 꽃떨기가 한층 붉어집니다. 매미 울음은 당찹니다. 그 울음소리에 염주알이 동글동글 영글어갑니다.

하늘은, 구름은 연못 속에 자화상을 그려놓고 물끄러미 제 모습을 들여다봅니다. 마당 위로 때글때글 쏟아지는 햇살에 여름이 익어 갑니다. 한낮 뻐꾸기 울음에 검푸른 숲이, 온 산이 미동조차 없이 아득한 졸음에 잠깁니다.

붉은 해가 서산마루를 넘으면 아이 부르는 엄마 목소리로 멧비둘기가 웁니다. 그 소리에 고향 마을의 저녁연기가 오릅니다. 늦게 솟은 달님을 보며 낮 동안 달아올랐던 기왓장은 제 열기를 식히고 새들은 잠이 들지만 개울물은 오히려 목소리를 높입니다. 자꾸 또렷해지는 냇물 소리를 베고 잠이 듭니다.

길재
吉再

1353~1419

고려 말 조선 초의 학자. 자는 재보再父, 호는 야은冶隱·금오산인金烏山人, 시호는 충절忠節. 이색李穡·정몽주鄭夢周와 함께 고려 삼은三隱이라 한다. 당대 석학이던 이색·정몽주·권근權近의 문하에서 학문을 익혔다. 고려의 쇠망을 짐작하고 벼슬에서 물러나 후진을 양성했다. 문집에 《야은집冶隱集》, 《야은속집冶隱續集》 등이 있다.

夏

꿈결에 부용포芙蓉浦로
蘇幕遮

주방언
周邦彦

침향목 향 사르니
찌는 더위 가시고
참새들 날 개었다
처마를 기웃대며 새벽부터 재잘재잘
나뭇잎 위 아침 햇살 간밤 비를 말리고
맑고 둥근 수면에는
연꽃 송이, 송이 바람에 고개를 들다

아득한 내 고향
갈 날은 언제?
우리 집 저 남쪽 오문吳門에 두고
오래도록 장안의 뜨내기 신세
오월에는 어부들도 고향 생각 않던가!
가벼운 배 작은 노 저어
연꽃 핀 포구로 꿈결에 드네

燎沈香

消溽暑

鳥雀呼晴

侵曉窺簷語

葉上初陽乾宿雨

水面清圓

一一風荷舉

故鄉遙

何日去

家住吳門

久作長安旅

五月漁郎相憶否

小楫輕舟

夢入芙蓉浦

○ 어제는 저녁상에 별식이 올랐습니다. 연밥이었습니다. 찹쌀에 갖은 견과류 ― 잣, 은행, 호두, 땅콩, 밤, 대추 따위를 버무린 뒤 커다란 연잎 한 장으로 꼭꼭 여며 도리납작한 모양새로 쪄낸 것입니다. 제대로 된 연밥에는 연뿌리와 연꽃잎 한 장이 빠질 수 없다고도 합디다만, 이만해도 참 그럴듯한 절식節食이라 생각하며 감사히 받았습니다. 은은히 밴 연잎 향기를 놓칠세라 천천히 음미하며 젓가락을 놀렸습니다. 먹고 난 뒤에는 엷은 갈색으로 변한 연잎을 한참 동안 불빛에 비춰 보았습니다. 중심에서 가장자리로 벋은 잎맥들은 하나같이 계속해서 두 줄기로 갈라지며 가장자리로 갈수록 점점 가늘어지고 있었습니다. 잎맥들이 그려내는 무늬가 퍽 규칙적이면서도 정연하되 아주 자연스러웠습니다. 질서와 자유의 공존이랄까, 낱낱 잎맥들은 하나도 같지 않되 큰 틀은 공유하면서 어떤 질서와 아름다움을 만들고 있었습니다.

한 해에 한두 차례 연밥을 맛볼 수 있게 된 것은 비교적 최근의 일인 듯합니다. 십여 년 전만 해도 거의 만나기 어려운 풍경이었습니다. 그렇다고 여름 한 철 연밥을 만들어 풍미를 즐기는 일이 우리네 전통 속에 없었던 것은 아닌 듯합니다. 윤선도尹善道의 〈어부사시사 漁父四時詞〉에 "년닙희 밥 싸두고 반찬으란 쟝만마라"는 구절이 있는 것이 좋은 예가 될 것 같습니다. 그러니까 마치 붐처럼 전국 각지에 크고 작은 연밭이 만들어지면서 자연스럽게 생겨난 근자의 연밥 먹는 풍습은 전통의 부활인 셈인지도 모르겠습니다. 그것이 전통의 부활이든 아니든 기왕 생겨난 풍습이라면 몇몇 사람들의 호사 취미나 한때의 유행이 아니라, 부디 요란스럽지 않고 누구나 어렵잖게 접할 수 있는 좋은 풍속으로 자리 잡길 비는 마음입니다.

연꽃이 피고 있다는 소식을 여기저기서 듣게 됩니다. 차츰 그 빈도가 잦아지고 있습니다. 함께 보러 가자는 권유도 더러 받습니다. 굳이 떼를 지어 몰려다닐 일은 아닌 듯하여 못 들은 체 넘기고는 합니다. 그래도 조촐하게 물 위로 솟은 연꽃을 조용히 바라보고픈 생각조차 없는 것은 아니어서, 일간 어디 가까운 연밭을 다녀올까 궁리하고 있습니다. 비 내리는 아침나절이면 더욱 좋겠습니다. 한적한 심정으로 연잎을 두들기는 빗소리를 들으며 정결하게 솟은 연꽃을 바라보고 싶습니다.

물과 뭍, 풀이나 나무의 꽃 가운데는 사랑할 만한 것이 매우 많다. 진晉의 도연명은 유독 국화를 사랑하였고, 당唐 이래로 세상 사람들은 모란을 심히 사랑하였다. 나는 연꽃이 진흙탕에서 피어도 더러움에 물들지 않고, 맑은 물결이 씻겨도 요염하지 않음을 남몰래 사랑한다. 속은 비었으되 겉은 곧고, 덩굴지지도 않고 가지를 벋지도 않음을 좋아한다. 향기는 멀수록 더욱 맑아지고 우뚝하여 조촐하게 서 있는 모습을 사랑하며, 멀리서 바라보기 알맞되 가까이 두고 무람없이 완상할 수 없음을 사랑한다.

내 이르노니, 국화는 꽃 가운데 은일隱逸하는 자요, 모란은 꽃 가운데 부귀한 자이며, 연꽃은 꽃 가운데 군자君子라 하겠다. 아, 국화를 사랑한단 말은 도연명 이후로 듣기 어려우니, 나와 더불어 연꽃을 사랑할 사람은 또 누가 있을까? 모란을 사랑하는 사람은 당연히 많으리라.

水陸艸木之花 可愛者甚蕃. 晉陶淵明獨愛菊, 自李唐來 世人甚愛牧丹. 予獨愛蓮之出淤泥而不染 濯淸漣而不妖, 中通外直 不蔓不枝 香遠益淸 亭亭淨植 可遠觀而不可褻翫焉. 予謂菊花之隱逸者也, 牧丹花之富貴者也, 蓮花之君子者也. 噫 菊之愛 陶後鮮有聞, 蓮之愛 同予者何人? 牧丹之愛 宜乎衆矣.

주돈이周敦頤, 〈애련설愛蓮說〉

오니汚泥에 천연한 꽃이 연꽃밖에 뉘 있느냐
하추遐陬에 네 날 줄을 나는 일찍 몰랐노라
지금에 떠나는 정이야 어찌 그지 있으리

汚泥예 天然흔 곳치 연곳밧긔 뉘 잇느냐
遐陬예 네 날 줄을 나는 일즉 몰낫노라
至今의 써나는 情이야 엇지 그지 잇스리

안민영安玟英, 〈금옥총부金玉叢部〉에서

이요당二樂堂 앞 커다란 돌확 두 덩이   二樂堂前雙石盆
어느 세월 미인이 머리 감던 대야인가?   何年玉女洗頭盆
사람 가고 연꽃만 소슬히 피어   洗頭人去蓮花發
부질없이 남은 향기 돌 대야에 가득해라   空有餘香滿舊盆

국립경주박물관 뜰의 흥륜사터 석조石槽에 새겨진 글

옴 마니 반메 훔唵麽抳鉢銘吽, om maṇi padme hūṃ
—나의 영혼이여, 연못의 평온한 심연으로 떨어지기 전 연잎에 맺
힌 옥 같은 이슬다울지어다.

육자대명왕진언六字大明王眞言

연꽃 향기여, 물 위로 솟아오른 줄기 두어 치
蓮の香や水をはなるる莖二寸

요사부손

주방언   중국 북송의 문인·음악가. 자는 미성美成, 호는 청진거사淸眞居士. 음률에 정통하며 사詞의
周邦彦   율조를 더욱 정밀하게 했다. 내용은 염정艶情, 나그네의 수심, 자연풍경이 많았는데 함축
               미가 뛰어나고 수려하다. 북송 사의 집대성자로 추앙받고 있다. 저서에는 《청진사淸眞詞》,
1056?~1121?   《청진집淸眞集》 등이 있다.

여름날
夏意

소순흠
蘇舜欽

별원別院 깊어 대자리 시원도 하이
드리운 발 너머로는 환한 석류꽃
솔 그림자 마당 가득 바야흐로 한낮인데
낮잠 깨자 이따금 흐르는 듯 꾀꼬리 소리

別院深深夏簟淸
石榴開遍透簾明
松陰滿地日當午
夢覺流鶯時一聲

여
름

○

여
섯

○ 장마입니다. 비안개가 산을 따라 오르락내리락, 산과 절을 숨겼다 내놓았다 합니다. 숨바꼭질을 하자는 것 같습니다. 그래도 심심하면 한 줄금 비를 뿌리곤 합니다.

이맘때쯤이면 초록 일색일 듯하지만 꼭 그렇지는 않습니다. 석류꽃이 불을 밝히고, 능소화가 여름 하늘을 향해 주황빛 나팔을 불며, 자귀나무가 여인네 가슴에 달린 코르사주처럼 보드라운 연분홍 꽃을 피워 올리는 것이 이즈음입니다.

어린 날 맑은 여름 아침, 하얀 모래 마당 위에 조금도 시들지 않은 채 후두둑 떨어져 있는 능소화를 본 기억이 강렬하게 남아 있습니다. 그 탓인지 흐리고 비 오는 여름날에는 그다지 어울릴 것 같지 않다는 생각이었는데, 담장 너머 건너다보이는 모습이 초록 바다에 뜬 돛배같이 선명해 좋습니다. 자귀나무 꽃은 아무래도 맑은 하늘에 어울립니다. 저렇게 털이 젖어 뭉친 모습은 흡사 비에 젖은 애완견입니다. 석류꽃을 보면 청도淸道 운강고택雲岡古宅에서 본 정원 이름이 생각납니다. 백류원百榴園 ─ 백 그루 석류가 자라는 정원, 꽃이 피면 장관이기는 하겠는데 굳이 그리하고 싶은 염은 일지 않습니다.

땡볕을 핑계로 꾀를 부리다가 며칠째 마당의 풀을 뽑고 있습니다. 비가 지나갈 때면 손을 놓고 기다려야 하는 일이 성가시기도 하지만, 그럴 때 망연히 순한 빗발을 바라보는 것도 좋고 너른 파초 잎에 후두기는 빗소리를 듣는 맛도 나쁘지 않습니다. 여러 해째 풀과 씨름하다 보니 이제는 풀과 적당히 타협하면서 삽니다. 손바닥만 한 마당 하나를 대충 건사하고 살려 해도 몸을 움직여야 하는데 하물며 세상일이야……, 하는 생각이 듭니다.

장마는 어쩌면 불볕더위를 예비하라는 자연의 배려가 아닐까 하는 생각이 문득 듭니다. 만일 그렇다면 쉼 없는 계절의 흐름 속에서 장마야말로 망중한忙中閑이요, 달콤한 휴식이요, 용도가 정해진 충전이라고 해야 할 듯합니다.

소순흠
蘇舜欽

1008~1048

중국 송대의 시인. 자는 자미子美, 호는 창랑옹滄浪翁. 구양수歐陽修, 매요신梅堯臣과 함께 고문古文의 부흥을 제창하고 시문혁신운동에 적극적으로 참여했다. 정치와 사회 현실에 관심을 갖고 진실하게 반영하려 노력했다. 생활 주변의 잡다한 일까지도 노래하는 송시의 특징이 잘 드러나 있다.

夏

산비
山雨

옹권
翁卷

온밤 내내 달과 별이 하얗게 부서지고
구름 기운 우레 소리 기미조차 없었건만
날 밝아 계곡 물살 세찬 걸 보니
알겠어라, 산속에선 큰 비가 내렸음을

一夜滿林星月白
亦無雲氣亦無雷
平明忽見溪流急
知是他山落雨來

여
름
○
일
곱

◯ 엊그제는 연거푸 무지개를 보았습니다. 볼일이 있어 쏟아지는 빗발을 뚫고 지리산의 실상사엘 갔다가 비구름 사이로 언뜻언뜻 반점처럼 푸른 하늘이 내비치는 저녁 무렵, 남녘 하늘에 곱게 뜬 무지개를 보았습니다. 이튿날, 실비 내리는 아침나절에는 저 사는 절 안쪽 골짜기에 뿌리를 박은, 그래서 손에 잡힐 듯 가깝고 선명한 무지개를 또 보았습니다. 행운인가요?

마른하늘에는 무지개가 뜨지 않습니다. 비가 와야만 무지개는 돋아납니다. 세상 사는 이치의 한 자락도 그런 게 아닌가 싶습니다. 여기는 밤새도록 달과 별이 밝건만 저기서는 비가 내리기도 하고 소나기 장마 구름 사이로 무지개가 비치기도 하는.

올 장마는 제법 장마다워서 연일 비가 오고 구름이 덮이고 그렇습니다. 세차게 흘러내리는 계곡물이 채 맑아질 겨를이 없습니다. 지리하고 눅눅한 대로 이따금씩 하늘 한번 올려다보세요. 혹시 압니까, 우연찮게 장맛비 사이로 고운 무지개를 보시게 될지.

옹권
翁卷

?~?

중국 남송의 시인. 자는 속고續古, 호는 영서靈舒. 같은 영가永嘉 사람인 서기徐璣와 서조徐照, 조사수趙師秀와 시풍이 가까워서 '영가사령永嘉四靈'이라 불린다. 이들은 현실에 대하여 "입은 있어도 말하지 않는다"는 태도를 취했으며 산수전원시의 전통을 이었다.

夏

소나기
六月二十七日望湖樓醉書

소식
蘇軾

검은 구름 먹빛 되어 산도 채 가리기 전
소나기 구슬로 튀어 뱃전으로 난입터니
땅을 말듯 바람 불어 단숨에 흩어버리자
망호루望湖樓 누각 아랜 물빛 바로 하늘빛!

黑雲翻墨未遮山
白雨跳珠亂入船
卷地風來忽吹散
望湖樓下水如天

○ 얼마 전 방송을 듣자니 올해부터는 장마철 일기예보를 아니한다더군요. 이유인즉슨 우리나라 기후가 점차 아열대화되면서 예전 같은 그런 장마가 더 이상 우릴 찾아오지 않기 때문이라나요. 그러면서 장마라는 말도 이제는 점차 사라져가지 않겠느냐며, 이 말 속에 담긴 어떤 삶의 결도 함께 스러져갈 것을 아쉬워하고 있었습니다. 그랬는데 웬걸요, 우리들의 성급한(?) 예측을 비웃기라도 하듯 올해의 장마야말로 근자 몇 년 가운데는 가장 장마다워서 비 오고, 비 오고, 또 비 오는 날이 기약 없이 계속되고 있습니다.

확실히 장마 또한 우리에게 주어진 환경이라 좋든 싫든 어느덧 우리 삶에 깊은 뿌리를 내리고 있었음은 분명합니다. 그 꿉꿉하고 눅눅한 나날이 달가울 리야 없겠지만, 그렇다고 그런 날들이 아무 의미 없고 마냥 맛도 멋도 없는 것은 아닐 겁니다. 장마이기 때문에 빚어지는, 장마라야만 겪을 수 있는 소물소물 작은 삶의 무늬들도 생각해보면 적지 않을 듯합니다. 이런 시는 또 어떻습니까?

공작산 수타사로
물미나리나 보러 갈까
패랭이꽃 보러 갈까
구죽죽 비는 오시는 날
수타사 요사채 아랫목으로
젖은 발 말리러 갈까
들창 너머 먼 산들이나 종일 보러 갈까
오늘도 어제도 그제도 비 오시는 날
늘어진 물푸레 곁에서 함박꽃이나 한참 보다가

늙은 부처님께 절도 두어 자리 해바치고
심심하면
그래도 심심하면
없는 작은 며느리라도 불러 민화투나 칠까
수타사 공양주한테, 네기릴
누룽지나 한 덩어리 얻어먹으러 갈까
긴 긴 장마

김사인, 〈장마〉

　　우리에게 심심함, 한없는 무료함을 안기는 장마가 이런 시를 낳
기도 합니다. 어쩌면 우리의 손발을 잠시 묶어놓는 게 장마의 미덕
인지도 모르겠습니다. 이럴 땐 차라리 안달하는 마음 턱 내려놓는 건
어떨까요? 아예 삶을 방기한 채 "공작산 수타사로 물미나리나 보러"
가는 건 어떨까요? 먹장구름이 산을 채 가리기도 전에 소나기 퍼붓
다가 한바탕 바람 불어 반짝 해가 나면 호수가 하늘이고 하늘이 호수
되는 게 우리네 삶, 깊든 얕든 골짜기와 마루를 오가는 것이 세상살
이라면 어느 때인들 장마 구멍 같은 숨 고르기가 필요치 않겠습니까?

소식
蘇軾

1037~1101

중국 북송의 정치가·학자·문인·서화가. 자는 자첨子瞻, 호는 동파거사東坡居士, 시호는 문
충文忠. 중국 문학사상 가장 위대한 문호로 손꼽힐 정도로 문학적 성과가 단연 우뚝하다.
시는 기상이 광대하고 의취가 빼어나며 보고 느낀 것을 자신의 사상 속에 융화시켜 가장
적절한 방법으로 읊고 있다. 저서로는 《동파집東坡集》과 《동파후집東坡後集》 등이 있다.

빗속의 해바라기
雨中詠葵花

김안국
金安國

여름 ○ 아홉

솔가지 울 밑에 키 작은 해바라기
해 바라는 간절한 맘 비 내리니 어쩌랴!
내 너를 사랑하여 비 견디며 왔나니
햇빛 속에 모란이야 정녕 알 바 없어라

松枝籬下小葵花
意切傾陽奈雨何
我自愛君來冒雨
不知姚魏日邊多

◯ 노스님이 한 분 계십니다. 가을마다 긴 장대를 마련하여 당신보다 훨씬 더 나이 먹은 감나무에 주렁주렁 매달린 풋감을 따 햇살 밝은 마루 끝에 앉아 낱낱이 껍질을 벗겨 곶감을 만드십니다. 꿰미로 엮인 감들은 처마 밑 바람벽 위에서 차츰차츰 곶감이 되어갑니다. 오가는 사람들의 카메라가 이걸 놓칠 리 없어 이 예비 곶감들은 가을내 모델 노릇에 여념이 없습니다. 그렇게 만든 곶감을 스님은 예닐곱 개씩, 여남은 개씩 방방이 나누어 주십니다.

며칠 전 노스님 방 앞을 지나는데 손짓해 부르십니다. 빙긋이 웃으시며 뒷짐에 감추셨던 부채, 무늬도 장식도 없이 한지만을 하얗게 바른 커다란 방구부채 하나를 건네주셨습니다. 받아 들고 살펴보니 붓으로 손수 쓰신 글귀 두 줄이 세로로 박혀 있습니다. 世中一等詩書傳세중일등시서전 / 天下萬條忠孝先천하만조충효선. 멋들어진 글귀도, 이른바 '배운' 글씨도 아닙니다만, 글자들은 또박또박하고 글귀는 진부해서 차라리 소박합니다.

오늘 아침의 일입니다. 아침밥을 먹고 노스님과 마루 아래에서 잠깐 이야기를 나누는데 선원禪院에서 수좌 한 사람이 건너왔습니다. 미리 일러둔 듯 노스님은 마루 위에 놓였던 까만 비닐봉지를 수좌에게 쥐어주며 "열다섯 개니까 한 자루씩 나누면 맞을 게야" 하십니다. 비닐봉지에는 자루만 보이는 부채들이 가득 담겨 있었습니다.

노스님이 해마다 거르지 않는 일이 또 한 가지 있습니다. 꽃 심고 가꾸기. 지난해에는 담장을 따라 해바라기만을 줄지어 심으시더니 올해는 담장 안팎이 한결 다양해졌습니다. 칸나, 맨드라미, 달리아, 과꽃, 분꽃, 봉숭아, 금잔화, 해바라기 따위가 줄줄이 피고 있습니다. 봄에 씨를 뿌리거나 혹은 구근을 심은 뒤부터 노스님은 사뭇 바

빠지십니다. 가물 때는 아침저녁으로 고무호스를 연결하거나 물뿌리
개를 들고 물을 주는 일이 여러 날 이어집니다. 잡초를 뽑아주기도
하고 때로는 비료를 살살 뿌리기도 하십니다. 꽃나무들이 어느 정도
자라면 이제는 웃자람을 막기 위해 순을 따주기도 하고, 쓰러지지 않
도록 대꼬챙이 지지대를 세우거나 줄을 늘여 묶어주기도 합니다. 꽃
이 진 가을에도 할 일이 있습니다. 꽃씨를 받기도 하고 알뿌리는 거
두어 상자에 담아 얼지 않게 보일러실에 보관하십니다. 꽃이 진 꽃대
를 베어내고 뿌리를 캐내어 말끔히 정리하는 일도 노스님 몫입니다.
  "꽃은 왜 심으세요?" 실없는 질문을 던지면 "이쁘잖아" 하십니
다. "힘들지 않으세요?" 하면 "재밌잖아" 그러십니다. 자연 속에서
제멋대로 자란 꽃과 나무들은 싱싱합니다. 노스님의 손길로 자란 꽃
들은 사랑스럽습니다. 장마 걷히기 전에 노스님의 해바라기가 꽃을
피울란가 모르겠습니다. 그때의 해바라기를 보면 정말 햇빛 속의 찬
란한 모란은 거들떠보지도 않게 될는지도 짐작이 가지 않습니다.

김안국
金安國

1478~1543

조선 전기의 문신·학자. 자는 국경國卿, 호는 모재慕齋, 시호는 문경文敬. 김굉필金宏弼의 문
인으로 사림파士林派의 학통을 계승하였다. 기묘사화 때 파직되어 20여 년 동안 은거하다
가 재임용되어 예조판서 등을 지냈다. 문집에 《모재집慕齋集》이 있다.

夏

여뀌꽃과 백로
蓼花白鷺

이규보
李奎報

여 름 ○ 열

앞 여울에 물고기 많기도 하여
생각 있어 물결 헤치며 들어섰다가
사람 보자 깜짝 놀라 날아올라서
여뀌꽃 핀 언덕에 모여 앉는다
목을 뺀 채 사람 가길 기다리느라
가랑비에 하얀 털이 촉촉이 다 젖도록
마음은 여전히 물고기에 있건만
사람들은 말하자, 세상 잊고 서 있다고

前灘富魚蝦
有意劈波入
見人忽驚起
蓼岸還飛集
翹頸待人歸
細雨毛衣濕
心猶在灘魚
人道忘機立

◯ 역지사지易地思之, 입장 바꿔 생각하기가 말처럼 쉽지 않음을 절감합니다. 흔히 무아無我라고 합니다만, 어디까지나 머릿속에서 가능한 셈법이지 감정과 행동 속에서는 늘 '유아有我'입니다. '나'라는 물건이 징그럽도록 견고하게 똬리를 틀고 있으면서 무시로 불쑥불쑥 얼굴을 내밉니다. 명색이 머리 깎고 사는 사람으로서 정말 민망하기 짝이 없는 노릇입니다. 왜 세상이, 남들조차 나를 중심으로 움직여야 한다고 생각하는지 참으로 답답한 일입니다. 세상을 아주 떠나는 날, 그제야 '나'를 놓아버릴 수 있으려는지……

조심조심 붉은 고기 잠겼다 떠올랐다[圉圉紅鱗沒又浮], 사람들은 말하지, 마음대로 노닌다고[人言得意任遨遊], 생각하면 잠시도 한가한 때 없으리[細思片隙無閒暇], 어부 겨우 돌아가면 백로가 또 엿보니[漁夫纔歸鷺又謀]……. 역시 이규보의 〈물고기[詠魚]〉라는 작품입니다. 같은 소리를 반복한 걸 보니 남의 처지에서 바라보기가 그만큼 쉽지 않은 모양입니다.

이규보
李奎報

1168~1241

고려의 문신·문인. 자는 춘경春卿, 호는 백운거사白雲居士·지헌止軒, 시호는 문순文順. 자유분방하고 웅장한 시풍은 당대를 풍미했으며 몽골군의 침입으로 고통을 겪는 농민들의 삶에도 주목, 여러 편의 시를 남겼다. 《동국이상국집東國李相國集》, 《백운소설白雲小說》, 《국선생전麴先生傳》 등의 저서와 다수의 시문이 전한다.

夏

못가에서
池上篇

백거이
白居易

여름 ○ 열하나

열 평의 집 다섯 이랑 텃밭
못에는 물 뒤뜰엔 대
터 좁다 말하지 말고 외지다 이르지 마소
무릎을 펼 만하고 어깨를 쉴 만하이
집 있고 정자 있고, 다리 있고 배 있으며
책 있고 술 있고, 노래 있고 거문고 있네
그 가운데 한 늙은이 백발도 표연해라
분수 알고 족함 알아 밖으로 구함 없네
새가 나무 가려 보금자리 가꾸듯
거북이 굴에 살며 너른 바다·관심 없듯
신령한 학 괴이한 돌, 보랏빛 마름꽃 하아얀 연꽃 송이
내 좋아하는 모든 것 빠짐없이 앞에 있어
때때로 잔을 들고 이따금 시를 읊네
처자식 화락하고 닭과 개도 한가하니
여유롭고 넉넉해라, 내 장차 이 안에서 늙음을 마감하리

十畝之宅　五畝之園
有水一池　有竹千竿
勿謂土狹　勿謂地偏
足以容膝　足以息肩
有堂有亭　有橋有船
有書有酒　有歌有絃
有叟在中　白髮飄然
識分知足　外無求焉
如鳥擇木　姑務巢安
如龜居坎　不知海寬
靈鶴怪石　紫菱白蓮
皆吾所好　盡在我前
時引一盃　或吟一篇
妻孥熙熙　雞犬閒閒
優哉遊哉　吾將終老乎其間

○ 세상 모든 이웃에게 감사합니다. 당신들의 노동이, 당신들의 땀이, 때로는 당신들의 눈물과 한숨과 피가 나를 있게 하고 세상을 있게 합니다.

세상 모든 이웃을 존경합니다. 당신들은 당신의, 가족의, 이웃의 짐을 지고 있으면서 어쩌다 한번쯤 불평을 할지언정 그 짐을 무겁다 내려놓지 않습니다.

세상 모든 이웃에게 늘 미안하고 부끄럽습니다. 내 삶을 통째로 빚지고 있으면서 나는 아무 일도 하지 않습니다. 그들이 누려야 할 몫을 내가 가로채고 있습니다.

백거이
白居易

772~846

중국 당대의 시인. 자는 낙천樂天, 호는 향산거사香山居士. 이백·두보와 함께 당의 3대 시인으로 꼽히기도 하고, 원진과 더불어 '원백'이라고 병칭되기도 한다. 사회의 모순과 민중의 고통을 노래하는 사회시를 썼다. 평이함과 대중적 통속성이 특징이다. 문집으로는 《백씨장경집》이 있으며 3200수가 넘는 방대한 양의 시를 남겼다.

비 오는 여름 아침
葛驛雜詠

김창흡
金昌翕

바람 안은 빗발이 창문 깊이 들이쳐
상기도 이불 껴안고 처마 끝 방울 소리 누워서 듣네
닭들은 일찌감치 횃대에서 내려왔겠고
섬돌 가득 달팽이 지렁이 눅진한 여름 기운 피워 올리리

風中雨脚打窓深
臥聽簷鈴尙擁衾
認得群鷄下塒早
滿階蝸蚓産蒸陰
(第一二八首)

○ 장마가 끝났다는데도 꿉꿉하고 눅눅한 공기가 가시지를 않고 있습니다. 더위도 더위지만 장마 끝의 이 눅진하고 끈적한 기운에 자칫하면 기분이 저상沮喪되기 일쑤입니다. 모르는 게 약이라더니, 따끔따끔 강렬하긴 해도 물기 하나 섞이지 않은 몽골의 여름 공기를 한 달 가까이 숨 쉬다 돌아온 몸이 유난스레 여름을 탑니다. 달리 뾰족한 수도 없어 아침을 여는 매미 소리가 들리기 시작할 때까지 이따금씩 이불 껴안고 뒤척이는 '재미'로 견딥니다.

산중에 있다 보니 벌레와 함께 살지 않을 수 없습니다. 잠자다 지네에 물리기도 하고, 벌에 쏘이고 모기에 피를 빨리기는 예사이며 커다란 두꺼비에게 실마루 밑을 양보하기도 해야 하고 뒤란 축대 사이로 고개를 내밀며 혀를 날름대는 꽃뱀과 눈을 맞추기도 해야 합니다. 저들도 제 삶이 있으니 제 몫을 내줄 도리밖에 없습니다.

그런 가운데 일상처럼 자주 목격하게 되는 것이 벌레의 죽음입니다. 굳이 무슨 사고가 아니더라도 수명이 짧은 벌레가 자연사하는 모습은 집 안팎에서 흔히 눈에 띕니다. 개미, 벌, 나방 따위 벌레는 모두 혼자 죽어갑니다. 꽤 긴 시간 동안 차츰차츰 다리와 날개의 움직임이 무뎌지다가 마침내 미동조차 사라집니다. 안간힘을 다해 제 몸을 움직여보려는 노력이 처연하다 못해 엄숙하기까지 합니다. 그래도 저는 가벼운 한숨을 조금씩 나누어 내쉴 수 있을 뿐 거기에 개입할 수 없습니다.

특히 지렁이의 임종은 차마 보아내기 민망합니다. 어쩐 일로 제 살기 좋은 땅속을 두고 지상으로 나온 지렁이는 얼마 오래지 않은 시간 내에 축축한 몸을 흙과 모래로 뒤발을 한 채 한없이 온몸을 꿈틀대고 뒤척이다 고스란히 사그라들고 맙니다. 다음 날쯤 보면 햇볕에 껍질처럼 바싹 말라버렸거나 겨자씨보다 작은 붉은 개미들이 가득 달라붙어 흔적도 없이 녹여 없앴기 일쑤입니다. 어두운 땅 밑이 제집인 지렁이도 죽음의 순간만큼은 저 환한 햇빛 아래서 맞이하고 싶은 걸까요?

겨우 한 달을 떠나 있던 사이 절에서는 노스님 한 분이 돌아가셨습니다. 당신 사시는 집 담장 안팎에 해마다 꽃밭을 가꾸던 스님이었습니다. "뭐하러 꽃은 심으세요, 힘들게?" 하면 "재밌잖아" 하시던 분입니다. 가을이면 나무에 오르지 못하는 걸 못내 안타까워하며 긴 장대로 딴 땡감을 깎아 말려서 곶감을 만드시던 노장님이었습니다.

스님 사시던 집 담장 안팎에 칸나, 달리아, 백합, 봉숭아, 금잔화 따위가 주인 떠난 줄도 모르고 흐드러지게 피었습니다. 벌써부터 걱정입니다. 올가을에는 누가 곶감을 깎을지, 늦은 가을 꽃들이 진 저 들을 누가 뽑아 꽃밭을 정리할지 그리고 내년에는 또 누가 담장가에 봉선화랑 채송화를 심을지……

김창흡
金昌翕

1653~1722

조선 후기의 학자. 자는 자익子益, 호는 삼연三淵, 시호는 문강文康. 형 창협昌協과 함께 성리학과 문장으로 널리 이름을 떨쳤다. 기사환국 때 아버지가 사사된 뒤 은거하였다. 저서로 《삼연집三淵集》, 《심양일기瀋陽日記》 등이 있다.

강물 소리 듣다가
聽嘉陵江水聲寄深上人

위응물
韋應物

여름 ○ 열셋

물의 본성 고요하고
돌도 본디 소리 없건만
어찌하여 둘이 서로 맞부딪치면
빈 산이 놀라도록 우레 소리 구르는가?

水聲自云靜
石中本無聲
如何兩相激
雷轉空山驚

◯ 다른 곳은 모르겠거니와, 여기 산중은 장마철이 장마철다웠습니다. 흐리고 비 오고, 비 오고 흐리고……. 덕분에 줄어들 틈이 없는 계곡의 높은 물소리를 싫도록 듣고 살았습니다.

헌데 이 물소리를 듣는 심사도 사람마다 같지는 않은가 봅니다. 절에서 하루나 이틀쯤 묵고 가는 손님들 가운데 어떤 분은 밤새도록 비가 오는 줄 알았다 말씀도 하시고, 다른 분은 온통 머릿속 물소리로 가득한 듯 정신이 없더라고도 하시고, 또 어떤 분은 편안한 베개를 벤 듯 잠자리가 쾌적했다는 분도 있으며, 그 소리를 악보 없는 음악에 비기는 분도 있습니다. 한 가지 현상을 두고도 내심의 반응이 이렇게 다른 모양입니다.

그나저나 저 고요한 물과 묵묵한 돌이 만나 온 산을 울리는 우레소리 내듯 여러분은 남과 만나며 다른 날, 다른 하늘을 열고 계시는지요?

위응물
韋應物

737~804?

중국 당대의 시인. 왕유·맹호연孟浩然의 시풍을 이은 전원시인으로 분류되어 유종원柳宗元과 합쳐 '왕맹위유王孟韋柳'로 병칭된다. 한편 소탈하고 소박하다 하여 도연명에 비교하여 '도위陶韋'로 불리기도 한다. 산수시와 전원시가 주류를 이루지만 백성들의 애환을 그리거나 귀족들을 풍자한 시도 적지 않다. 《위소주집韋蘇州集》이 전한다.

夏

농부
憫農

이신
李紳

감매는 한낮
땀방울 포기 아래 흙을 적시네
뉘 알랴, 상에 오른 이 밥 한 그릇
알알이 농부의 땀방울임을

鋤禾日當午
汗滴禾下土
誰知盤中飧
粒粒皆辛苦

여름 ○ 열넷

○ 깊은 상처를 남긴 장마가 끝났습니다. 묵혀두었던 것처럼 아침부터 매미가 울어대고, 누군가 서산 저편에서 푸른 하늘로 뭉게구름을 자꾸 피워 올리고, 묵은 배롱나무 위로는 진분홍 꽃무더기가 번져가고 있습니다. 장마 통에 고개를 숙이고 움츠렸던 풀과 나무, 벌레와 짐승 들이 팔월의 태양 아래 몸을 말리기 시작했습니다.

생각해보면 해마다 거저 가을이 오지는 않는가 봅니다. 장마와 무더위와 태풍이 번갈아 지나야 비로소 가을이 우리를 찾아왔던 듯합니다. 그렇다면 이제 겨우 장마 하나 지났을 뿐인가요? 마치 고개라도 끄덕이듯 무더위가 맹렬한 위세를 떨치기 시작했습니다. 그렇거나 말거나 우리는 또 우리의 길을 갑니다. 장마에도 그랬듯이 농부는 타는 태양 아래서도 땀 흘려 김을 맵니다. 그 밖의 우리 모두는 각자 제 일터에서, 삶터에서 자신에게 주어진 일에 몰두합니다. 가을이 오게 하는 힘이 농부의 호미 자루임을, 우리들 모두의 땀방울임을 이제야 비로소 알 것 같습니다.

이신
李紳

772~846

중국 당대의 문학가. 자는 공수公垂. 백거이, 원진과 친했는데, 시는 백거이와 원진에 비해 풍격이 평범하고 세속적이라는 평가를 받는다. 가장 널리 애송되는 시 〈농부(憫農)〉는 봉건사회에서 농민의 빈곤상을 성공적으로 표현한 가작佳作이다. 현재 《추석유시追昔游詩》와 《잡시雜詩》가 전한다.

夏

무더위
苦熱

하손
何遜

여
름

○

열
다
섯

초목도 불탄다고 예전에 들었는데
이제 보니 돌 모래조차 문드러지네
어둑어둑 흐린 날엔 바람 한 점 일지를 않고
쨍쨍 맑을 때는 하루해가 길기만 해라
고요히 앉았자니 걸친 옷도 갑갑하고
글 읽자니 책상조차 번거롭기 짝이 없어
누운 채 맑은 이슬 내리기를 생각하고
앉아서는 높이 뜬 별 반짝이길 기다리네
박쥐들 마당 위를 날아다니고
하루살이 창문에서 어지러울 때
더위 식힐 술자리는 있지를 않고
하릴없이 물 흐르듯 땀만 흐르네
떨어진 금덩이도 줍지 않거니
몹쓸 나무라면 그늘인들 어찌 빌리랴
부디 삼복더위 모두 가져다
재촉하여 가을바람 바꿔오길 바랄 뿐

昔聞草木焦
今覩沙石爛
曀曀風逾靜
曈曈日漸旰
習靜悶衣襟
讀書煩几案
臥思清露液
坐待高星燦
蝙蝠戶中飛
蟣蠓窓間亂
實無河朔飲
空有臨淄汗
遺金自不拾
惡木寧無榦
願以三伏辰
催促九秋換

○ 앉은뱅이책상을 툇마루에 내놓고 지낸 지 벌써 나흘째입니다. 날이 번하게 밝으면 애기중이 썼을 법한 작은 경상經床을 앞퇴에 내놓고, 저녁 어스름이 사물을 지워갈 무렵이면 그 꼬마 책상을 방 안으로 들입니다. 책 한 권 펼치면 그만인 이 작은 경상과 더불어 접이식 퇴침 하나, 부채 한 자루도 방 안과 마루를 덩달아 들락거립니다. 이렇게 부채 한 자루, 퇴침 하나, 책상 하나로 마루에서 하루해를 보내고 맞이하고 있습니다.

"향중생색鄕中生色은 하선동력夏扇冬曆"이라는 옛말이 있습니다. 이웃에 생색나는 일로 여름 부채와 겨울 달력만 한 것이 없다는 말입니다. 그러나 이 말도 글자 그대로 옛말이 된 지 오래인 모양입니다. 요즈음도 세모歲暮에 달력을 선사하는 풍습은 어지간히 이어지고 있는 반면, 여름날 부채 한 자루 주고받는 시속時俗은 가물가물 거의 사그라진 듯합니다. 단오端午가 되면 임금이 백관에게 하사하였다는 단오선端午扇은 말할 나위도 없거니와, 한여름이 되어도 그 흔한 부채 한 자루 주고받는 일이 드무니 그야말로 금석지감今昔之感이라고나 할까요. 하기사 에어컨이니 성능 좋은 선풍기니 하여 부채에 비할 바 아닌 여름나기 용품이 부지기수인데 생색이 날 리 만무인 부채를 뉘라서 쉽사리 주고받고 하겠습니까.

세상이야 어떻든 조금 미련하고 시대에 뒤진 저는 아직까지는 부채 하나에 의지하여 여름나기를 고집하고 있습니다. 옛사람들은 부채 가운데서도 가장 흔하고 값싼 부들부채를 여덟 가지 덕을 갖추었다 하여 팔덕선八德扇이라 불렀답니다. 그 여덟 가지 덕 가운데 몇 가지를 꼽아보면 해져도 아깝지 않은 것, 바람을 일으키는 것, 햇빛을 가리는 것, 값이 싼 것, 깔고 앉으면 자리가 되는 것 따위가 포함

됩니다. 참으로 하찮고 시답잖은 덕목이긴 합니다만 또 한편 생각해보면 얼마나 실용에 근사하고 소중한 구실입니까? 물론 저야 굳이 부채를 고집하는 이유가 여기에 있을 리 없습니다. 산중이다 보니 에어컨이니 선풍기 없이도 그럭저럭 여름을 날 만하기 때문에 그럴 뿐이고, 굳이 들자면 부채에 담긴 여유와 소박한 운치를 선뜻 버리기가 아깝기 때문일 따름입니다.

헌데 올여름엔 중복을 지난 오늘까지도 부채 한번 부친 적이 없습니다. 어인 까닭인지 장마가 길어지면서 아직까지 본격적인 무더위가 찾아오지 않은 탓입니다. 언제까지 이럴 리야 있겠습니까? 아마도 하루 이틀 뒤면 날이 개고 "천하가 커다란 화로 속에 들어앉은 듯한[萬國如在洪爐中]" 더위가 시작되겠지요. 그럴 때면 저 또한 앞뒤의 미닫이며 창문까지 활짝 열어젖히고 마루에 나앉아 퇴침과 작은 앉은뱅이책상과 부채를 무기 삼아 욕서溽暑라고 일컫는 삼복더위와 씨름으로 나날을 보낼 것이 분명합니다. 그래도 괜찮습니다. 아직까지는 화락화락 부치는 대로 정직하게 바람을 선사하는 부채 한 자루에 몸을 맡긴 채 염천炎天의 더위와 맞서는 일이 마냥 아득하지만은 않습니다.

하손
何遜

?~517?

중국 송대의 문인. 자는 중언仲言. 20세 무렵에 문단의 거성 범운范雲에게 시재詩才를 인정받아, 두 사람은 나이 차이에도 불구하고 망년지교忘年之交가 있었다고 한다. 유효표劉孝標와 더불어 '하류何劉'라 불렸다. 청신한 시풍의 가작을 남겼다고 평가받는다.

들판을 바라보며
蘇秀道中自七月二十五日夜
大雨三日秋苗以蘇喜而有作

증기
曾幾

여름 ○ 열여섯

하루 저녁 사납던 태양 장대비로 바뀌어서
서늘하여 꿈을 깨니 옷자락이 젖는구나
지붕 새어 젖는 마루 시름할 일 바이 없고
물언덕 가득 흐르는 냇물 기쁨이 넘실넘실
천 리에 아득히 벼꽃은 빼어나리
오경五更에 오동잎 소리 저리도 어여쁜걸
땅 한 조각 없는 내가 춤출 듯 이리 좋은데
하물며 풍년 바라는 농부들 마음이랴!

一夕驕陽轉作霖
夢回涼冷潤衣襟
不愁屋漏床床濕
且喜溪流岸岸深
千里稻花應秀色
五更桐葉最佳音
無田似我猶欣舞
何況田家望歲心

○ 며칠 전 쌀의 고장 이천에 있는 도자기 가마 ― 유산요流山窯에 잠시 들렀습니다. 마을 길 양쪽으로 펼쳐진 논이 청청했습니다. 벼 이삭이 팬 오려 ― 올벼들이 듬성듬성 짙푸른 논 사이에 섞여 있었습니다. 아, 계절이 벌써 이만큼 왔나 싶었습니다. 너른 논도, 짙푸른 벼 포기도 꽃산, 단풍 숲에 뒤지지 않게 아름답다는 생각이 언뜻 들었습니다.

새벽하늘에 별이 은가루 뿌린 듯하더니 오늘은 거의 한 달 만에 푸른 하늘이 비치고 마당으로 햇빛이 싱싱하게 내리꽂히고 있습니다. 푸른 벼 포기가 열기를 뿜는 들녘에서 땀을 흘릴 분들을 생각합니다.

증기
曾幾

1084~1166

중국 송대의 시인. 자는 길보吉甫이며, 호는 다산거사茶山居士라 자칭하였다. 교서랑校書郎 등의 벼슬을 하다가 투항파 주회秦檜와 맞서 벼슬을 그만두었다. 애국시인 육유가 스승으로 모신 애국시인이다.

夏

매미
蟬

우세남
虞世南

갓끈 닮은 주둥이로 맑은 이슬 마시니
성근 오동 숲 너머로 흐르는 울음소리
높은 곳에 살기에 소리 절로 멀리 갈 뿐
그것이 어찌 가을바람 덕분이랴!

垂緌飲淸露
流響出疏桐
居高聲自遠
非是藉秋風

여
름
○
열
일
곱

◯ 말 만들기 좋아하는 옛 선비들은 매미가 오덕五德을 갖추었다 하여 흔히 군자지도君子之道를 아는 곤충으로 여겼던가 봅니다. 이른바 그 오덕이라는 것을 머리 모양새가 갓끈[綾]을 닮아 글을 앎[文]이 일덕一德이요, 오로지 맑고 깨끗한 이슬만 먹고 사니 그 청빈[淸]이 이덕二德이요, 사람이 먹는 곡식을 손대지 않으니 그 염치[廉]가 삼덕三德이요, 다른 벌레처럼 굳이 집을 짓지 않고 나무 그늘에서 사니 그 검박함[儉]이 사덕四德이요, 철에 맞추어 틀림없이 울어 절도를 지키니 그 신의[信]가 오덕五德이라고 풀고 있습니다.

어떠세요, 그럴듯한가요? 아무튼 매미라는 곤충은 지엄하기 그지없던 임금이 쓰시던 모자인 익선관翼蟬冠에까지 오르고 벼슬아치들의 감투 끝에도 그야말로 매미 날개같이 아른아른 얼비치는 모양새로 붙어 있었으니, 옛사람들이 그저 심심파적으로 장난삼아 오덕을 입에 올렸던 것은 아닌 모양입니다.

시속이 달라져 그런지 이렇듯 사람들의 상찬을 받던 매미의 신세가 요즈음에는 영 신통찮은 듯합니다. 지난주 저녁 약속이 있어 잠시 상경한 적이 있습니다. 일가족과 저녁을 마치고 주차해둔 그분들의 아파트에 도착한 시간이 9시 40분. 차에서 내려서니 말매미, 유지매미, 참매미 들이 찌울찌울, 떠르르르……, 맴맴맴맴 어지럽게 울어대는 소리가 귀에 가득했습니다. 소리도 어지간했지만 한밤중에 듣는 매미 울음이 영 낯설었습니다. "거의 공해 수준이에요." 어이없어하는 제 표정을 읽은 아이 엄마가 변명인 듯 설명인 듯 말했습니다. 한여름의 상징으로 시원한 운치를 불러일으키던 매미가 이런 대접을 받는 지경에 이른 것이 작금의 사정인 모양입니다.

그렇다고 하더라도 꽃 안 피는 이월 없고 보리 안 패는 삼월 없

夏

듯, 꾀꼬리가 노래하지 않는 오월은 오월이 아니듯, 매미가 울지 않는 여름이, 팔월이 어찌 여름이며 팔월이겠습니까? 이상스러운 건 우리가 여름 곤충임을 당연히 여기는 것과는 달리 옛사람들은 매미를 가을과 연관 지어 생각했던 듯한 흔적들입니다. 이를테면 "바람을 마시고 사니 진정 마음은 비었겠네 / 이슬만 흡수한다니 몸 또한 조촐하구나 / 무슨 일로 진작 가을날의 새벽부터 / 슬피슬피 우는 소리 그치지 않는가"(허목許穆) 하는 시조에서 보면 매미를 정녕 가을날의 벌레로 여겼던 듯싶습니다. 그 아니라도 음력 칠월을 '선월蟬月'이라 별칭하였으니 결론은 역시 마찬가지입니다.

　더위가 고갯마루를 넘고 있습니다. 매미 소리 친구 삼아 남은 더위 천천히 전송함은 어떠실지요? 혹여 도심에서 밤을 잊은 채 울어대는 매미에게 다소 성가시고 섭섭한 마음이 쌓였다면 이런 시조 한 번 읊조리며 그 섭섭함을 눅이심은 또 어떨는지요?

매아미 맵다 울고 쓰르라미 쓰다 우니 / 산채를 맵다는가 박주를 쓰다는가 / 우리는 초야에 묻혔으니 맵고 쓴 줄 몰라라

이연신

세류청풍細柳淸風 비 갠 후에 울지 마라 저 매암아 / 꿈에나 임을 보려 겨우 든 잠 깨우느냐 / 꿈 깨어 곁에 없으면 병病 되실까 우노라

호석균

우세남
虞世南

558~638

중국 당대의 서예가. 자는 백시伯施. 왕희지王羲之의 서법을 익혀 구양순歐陽詢·저수량褚遂良과 함께 당나라 초의 삼대가로 일컬어진다. 서법이 온아하며 강함과 부드러움이 동시에 있다고 평가받는다. 시에서도 당시 궁정시단의 중심을 이루었으며 시문집 《우비감집虞祕監集》 등이 있다.

밤에 앉아
夜坐

오경
吳慶

쓸쓸한 초가집 밤은 더뎌서
발 걷고 홀로 앉아 턱을 고일 때
바람 따라 한 줄기 비 무단히 지나간 뒤
잎 뒤에 날개 젖어 날지 못하는 철 지난 반딧불이!

草屋蕭蕭夜色遲
支頤獨坐捲廉時
無端一雨隨風過
葉底殘螢濕不飛

○ 큰물이 지고 나면 실내에서는 도리어 물이 안 나오기 일쑤입니다. 계곡물을 정수해서 쓰다 보니 그럴 수밖에요. 태풍에 얹혀 많은 비가 내린 일전에도 그랬습니다. 그럴 때면 핑계 삼아 양말, 내의, 걸레 따위 자잘한 빨랫감을 주섬주섬 챙겨 일각문을 밀고 계곡으로 나섭니다.

세찬 물소리가 시원스럽고, 바지를 둥둥 걷고 흙탕물 가신 말간 계곡물에 발을 담그면 종아리에 감기는 물이 선뜩하도록 시원스럽습니다. 이미 한여름의 물은 아닙니다. 비누질한 세탁물을 차례로 넉넉히 흐르는 물에 넣어 헹굽니다. 이때의 상쾌함은 쉽사리 양보하기 어렵습니다. 뱃속까지 시원해지는 기분입니다. 그럴 수만 있다면 차라리 오장육부를 말끔히 드러내어 그 물에 휘휘 흔들어 빤 뒤 다시 집어넣고도 싶습니다.

옥잠화 하얀 잔향殘香이 추적이는 늦여름 비에 날개 젖은 반딧불이 모양 날지 못한 채 지상으로 내려앉고 있습니다. 여름이 가려나 봅니다.

오경
吳慶

1490~1558

조선 중기의 학자. 호는 계산溪山. 일찍이 벼슬에 뜻이 없어 고향에 은거하며 생활하였다. 김안국을 포함한 선비들과 함께 육괴정六槐亭에 모여 시회를 열고 학문을 강론하며 우의를 다졌는데 이들 6명의 선비를 괴정육현槐亭六賢이라 한다. 시를 읊고 술을 즐기며 평생을 지냈다.

연꽃
曲池荷

노조린
盧照隣

굽은 언덕 에워싸고 향기는 떠도는데
둥근 연잎 그림자 못물 위에 가득해라
두려워라, 때 이른 가을바람에
꺾이고 떨어져도 그대는 모르실까

浮香繞曲岸
圓影覆華池
常恐秋風早
飄零君不知

○ 사람의 심성은 본디 좀 삐딱해서 뭐랄까, 놀부 심보 같은 게 얼마간은 들어 있는가 봅니다. 무안이다, 덕진공원이다, 연꽃으로 유명해진 지도 벌써 오래건만 언젠가 한번 가봐야지 하면서도 해마다 꽃철이 되어 사람들 입초시에 오르내리고 매스컴이 그닥 싫지 않은 호들갑을 떨 때는 정작 시큰둥하여 여직 발길 한번 못 하고, 아니 안 하고 지내왔습니다. 그런데 최근 우연찮게도 일주일도 안 되는 사이에 두 군데나 연밭을 연달아 구경했습니다.

엿새 전 볼일로 경주에 들렀다가 안압지를 지나다 보니 전에 보지 못하던 연밭이 눈에 띄었습니다. 아마도 시 당국에서 논밭을 매입하여 근자에 조성한 것인 듯했습니다. 길가에 차를 잠시 세워둔 선남선녀들은 한 손을 길게 뻗쳐 이른바 '디카폰'을 누르기에 여념이 없었고 늦더위를 피해 나오셨는지 손주 손을 잡고 산보 삼아 연밭 사잇길을 느긋이 걷고 있는 할머니, 유모차를 밀고 가는 젊은 가장도 눈에 띄었습니다. '연꽃이 이렇게 늦게 피던가?' 얼핏 이런 생각을 하면서 덩달아 찻길 가장자리에 차를 세워두고 저 역시 연밭 안으로 발길을 들여놓았습니다. 기운 저녁 햇살을 받아 고운 빛깔이 한결 투명해진 연꽃은 한창때를 넘기고 있는 듯 속절없이 무너져 내리고 있는 것이 적잖았습니다. '흐음, 경주시에서 그나마 신통한 생각을 했구먼' 하는 시건방진 생각을 하며 다시 차에 올랐습니다.

어제는 몇몇 분과 함께 논산 가까이 절을 짓고 사는 스님을 찾았다가 부여까지 발길이 닿았습니다. 궁남지宮南池도 옛 모습이 아니었습니다. 몇 년 전 찾았을 때는 가으로 버드나무 늘어선 못 하나 달랑 있는 모습이 우리 역사 속의 백제를 보는 것같이 허허롭더니, 이제는 그 주위로 둥글게 수만 평 연밭을 만들어 허전한 인상을 조금은 눅

여주고 있었습니다.

연꽃은 끝물이었습니다. 수련, 노랑어리연꽃, 가시연꽃, 황금련, 백련 하여 갖은 연꽃을 종류별로 심어둔 연밭에서 새로이 꽃대를 내민 것은 거의 찾아볼 수 없었습니다. 꽃보다는 파란 연밥, 이미 연실蓮實을 떨구어버리고 색이 바래가는 연줄기들이 훨씬 많았습니다. 장관으로 피어 있는 연꽃을 보지 못한 제 눈에는 듬성듬성한 꽃들 사이로 파란 연밥이 무수히 솟아 있는 모습도, 가벼운 바람에 일렁대는 커다란 연잎도 여간한 구경거리가 아니었습니다.

몇 해 전에는 양주의 봉선사奉先寺엘 갔다가 절 앞 논 여러 마지기를 연밭으로 만든 걸 본 적이 있습니다. 패션만 유행하는 게 아닌가 보지요? 꽃밭 만드는 게 유행이라면 굳이 탓할 일은 아닐 듯합니다. 탓이라니요, 탓이라면 오히려 그리 멀리 있지 않은 연꽃들이 이른 가을바람에 모두 꺾이고 떨어지도록 아무런 아랑곳없이 일상을 살아가는, 저처럼 게으르고 무뎌서 뒷북이나 치는 심성을 핀잔해야지 싶습니다. 그저 수굿이, 남들 다 할 때 못 이기는 체 자신도 얼결에 따라나서는 것 또한 아름다운 미덕이 아닐까 모르겠습니다.

노조린
盧照隣

636?~679?

중국 당대의 시인. 자는 승지升之, 호는 유우자幽憂子. 일찍부터 문명文名을 떨쳤으나 20대 중반에 병에 걸려 투병 생활을 계속하다 끝내 자살하였다. 그러나 자신의 비통하고 괴로운 정감을 오히려 맑고 애수 질은 시로 표현하였다. 시문집으로 《유우자집幽憂子集》이 있다.

秋/

편지
途中

진자룡
陳子龍

편지를 보낸 날 손꼽아보니
임 이미 그 글월 보셨으련만
아실까, 전하고픈 온갖 생각들
부친 뒤 새록새록 떠오르는 걸

屈指淮上書
故人應已覯
那知百種愁
都在緘書後

◯ 오동잎 하나가 떨어져도 천지에 가을이 온 줄을 안다고 했던가요? 새벽이면 풀잎 끝에 찬 이슬 반짝이고 방울벌레 소리 섬돌을 넘어서고 있건만, 정작 우리의 가을은 어디를 서성이고 있는지 감감소식입니다. 혹여 모두들 이미 가을 한가운데를 걷고 있는데 저 혼자 뒤처져 꾸물대고 있는 건 아닌지 모르겠습니다. 그래도 올여름은 좀 짠 게 분명합니다. 그 흔한 햇빛 한번 내비치는 일에 왜 그리 인색한지 모르겠고, 뒷모습이 예뻐야 하는 법이거늘 요즘 말로 '쿨 ―' 하지 못하게 돌아설 줄 모르고 마냥 미적거리고만 있습니다.

가을엔 편지를 쓰겠다고 했던가요? 쓰십시오, 친지에게, 벗에게, 그대에게, 그 밖의 누구에게. 띄우세요, 부친 뒤 하고픈 말 새록새록 떠오르는 그런 편지를. 가을이라 편지를 쓰는 것이 아니라 편지를 쓰니까 가을인지도 모르잖겠어요?

진자룽
陳子龍

1608~1647

중국 명대의 시인. 자는 인중人中, 호는 대준大樽. 의병을 일으켜 청나라에 저항하다가 투신한 순국시인이다. 문학은 현실을 반영하고 자신의 진실한 감정을 펼쳐내야 한다고 주장하였다. 저서에 《진충유공전집陳忠裕公全集》이 있다.

秋/

초가을밤
初秋夜坐

조옹
趙雍

밝은 달빛 물처럼 스며 옷을 적실 때
침침한 정자의 가을밤은 길어라
염불 소리 그치도록 오래오래 앉아서
고요히, 또 담담히 옥잠화 향거 마주하네

月明如水侵衣濕
臺榭沈沈秋夜長
坐久高僧禪語罷
澹然相對玉簪香
(第二首)

○ 옥잠화는 일명 백악白萼이라고도 하며 백학선白鶴仙이라고도 하고 달리 계녀季女라고도 한다. 곳곳에서 자란다. 여러해살이뿌리를 지니고 있다. (음력) 2월에 싹이 터서 포기를 이루는데, 높이가 한 자[尺] 남짓에 연한 줄기는 마치 배추와 비슷하다. 잎은 크기가 손바닥만 하면서 둥그스름하지만 끝이 뾰족하다. 잎의 앞면은 푸르지만 뒷면은 흰빛을 띠는데, 무늬는 마치 질경이와 흡사하며 사뭇 아리따운 윤기가 난다. (음력) 6~7월이면 포기에서 줄기(=꽃대) 하나가 솟아난다. 그 줄기 끝에는 10장 남짓 작은 잎이 매달리고 잎마다 꽃이 한 송이씩 돋아난다. 꽃은 길이가 두세 치[寸]에 꽃자루가 가늘고 끝부분이 굵어서 미처 피지 않았을 때는 꼭 하얀 옥비녀와 같다. 꽃이 필 때는 봉오리가 조금씩 터지다가 사방으로 벙근다. 꽃이 토하는 노란 꽃술은 마치 수염 일곱 가닥이 고리처럼 둥글게 배열되어 있는 듯한데 수염 한 가닥은 유난히 길다. 꽃은 매우 향기롭고 맑으며 아침이면 피었다가 저녁에는 오므라든다. 얼마 뒤 씨가 맺히니 씨는 완두콩처럼 둥글고 익지 않았을 때는 푸르다가 익으면 까맣게 된다. 알뿌리는 마치 귀구鬼臼나 사간射干(=범부채) 따위처럼 서로 붙어서 자라며 수염뿌리가 있다. 묵은 줄기가 죽으면 알뿌리 하나가 생기고 새 뿌리가 생기면 묵은 뿌리는 썩어 없어진다.

玉簪一名白萼 一名白鶴仙 一名季女. 處處有之. 有宿根. 二月生苗成叢 高尺餘, 柔莖如白菘菜. 葉大如掌 圓而有尖. 面青背白 紋如車前 頗嬌瑩. 六七月叢中抽一莖. 莖上有細葉十餘, 每葉出花一朵. 長二 三寸 本小末大, 未開時正如白玉搔頭簪形, 開時 微綻四出. 中吐黃蘂 七鬚環列 一鬚獨長. 甚香而清朝開暮卷. 間有結子者 圓如豌豆 生青熟黑. 其根連生如鬼臼射干之類 有鬚毛. 舊莖死 則根有一 臼, 新根生 則舊根腐.

《어정패문재광군방보御定佩文齋廣群芳譜》권47에서

秋 /

옛 중국 문헌은 옥잠화를 이렇게 설명하고 있습니다. 뿌리·잎·줄기·꽃·씨에 더해 향기까지 알뜰히 소개하고 있습니다만, 아무래도 옥잠화를 옥잠화답게 하는 것, 옥잠화의 얼굴은 꽃이 아닐까 싶습니다. 벙글기 직전의 옥잠화 꽃은 이름 그대로, 옛 문헌의 설명과 조금도 다름없이 하얀 옥비녀 한 자루가 틀림없습니다. 옛날 한漢의 무제武帝가 이부인李夫人을 총애하여 옥비녀를 하사했는데 그 뒤로 궁인들이 다투어 그것을 흉내 내 비녀를 모두 옥으로 만들어 사용했답니다. 그 때문에 옥 값은 갑절로 뛰게 되었구요[武帝寵李夫人 取玉簪搔頭賜. 自此後 宮人爭效之 搔頭皆用玉 玉價倍貴焉]. 중국 사람들은 옥잠화의 꽃 이름이 이 이야기에서 유래했다고도 말합니다. 얽힌 이야기가 그럴듯하고 모습이 그 이름에 혹사하여 여느 꽃과는 완연히 다른 옥잠화를 상상력 풍부한 시인들이 가만둘 리 없습니다. 그들은 다투어 이 꽃을 노래했습니다. 그것도 땅 위의 꽃이 아니라 신선 세계, 하늘나라의 꽃으로 말입니다.

눈의 혼백 얼음 자태 비속함이 범접하랴	雪魄冰姿俗不侵
뉘 옮겨 심었나 작은 창 그늘 아래	阿誰移植小窓陰
만일 달님의 황금 팔찌 아니라면	若非月姊黃金釧
귀하신 분 흰 옥비녀, 사기조차 어려우리	難買天孫白玉簪

나은羅隱, 〈옥잠玉簪〉

요지瑤池의 선녀들이 하늘 술로 잔치하다	瑤池仙子宴流霞
취하여 잃은 비녀 변하여 꽃 되었지	醉裏遺簪幻作花
만 되의 짙은 향기 사향노루 맑은 향내	萬斛濃香山麝馥
바람 따라 불리어서 그대 집에 닿으리	隨風吹落到君家

왕안석, 〈옥잠〉

달님 아씨 그 옛날 선계仙界에서 잔치할 때　　　素娥昔日宴仙家

취하여 쪽진머리 비스듬히 기울이다　　　　　醉裏從他寶鬢斜

잃어버린 옥비녀 찾을 길이 없더니　　　　　　遺下玉簪無覓處

변하여 오늘 이곳 한 송이 꽃 되었구나　　　　如今化作一枝花

오진재吳震齋, 〈옥잠화玉簪花〉

어젯밤 꽃의 여신 예궁蘂宮을 나서자　　　　　昨夜花神出蘂宮

구름 같은 머리채 하늘하늘 바람 물결　　　　綠雲褭褭不禁風

단장하고 못가에서 그림자 비춰볼 때　　　　妝成試照池邊影

옥비녀 빠트릴까 걱정은 오직 그뿐　　　　　祇恐搔頭落水中

이동양李東陽, 〈옥잠〉

　　며칠째 자분자분 비가 내리고 있습니다. 여름비가 그대로 가을
비로 바뀌었습니다. 참 신기합니다. 어떻게 그 잠 못 들게 하던 여름
이 하루 이틀 사이에 이렇게 달라질 수 있는지! 빗속에 하얗게 핀 옥
잠화는 이어지는 비에 꽃대가 살짝 기울었습니다. 그 기울기가 꼭 계
절의 기울기 같습니다. 아직도 기세 좋게 하늘 하나를 가릴 만큼 커
다란 잎을 허공으로 피워 올리며 비를 맞고 있는 파초가 오늘은 어
쩐지 오스스 소름이 돋는 추위를 느낄 것 같습니다. 구월이, 가을이
왔습니다.

　　가을 소리는 나그네가 가장 먼저 듣는답니다. 올가을에는 나의
귀가 나그네의 귀이기를!

조옹　　　　　중국 원대元代의 문인화가. 자는 중목仲穆, 호는 산재山齋이다. 조맹부趙孟頫의 아들이다.
趙雍　　　　　아버지의 뒤를 이어 동원화풍董源畵風의 산수, 인물화를 잘하였다. 14세기 중엽까지 활약
　　　　　　　했다.
1289~?

秋 /

낚시
釣魚

성담수
成聃壽

낚싯대 들고 온종일 강가를 거닐다가
맑은 물에 발 담그고 곤히 한잠 들었더니
꿈속에서 갈매기와 만 리 하늘 날았건만
깨어보니 몸은 그대로 석양 속에 있누나

把竿終日趁江邊
垂足滄浪困一眠
夢與白鷗飛萬里
覺來身在夕陽天

가
을
○
볏

○ 커단 상처를 남기고 여름이 떠났습니다. 엊그제와 어제까지도 쓸모없는 비가 내리더니 오늘은 푸른 하늘이 강물처럼 깊습니다.

이제 가을입니다. 시간은 여름의 깊은 상처를 아물리며 고추의 붉은 열매를 익게 하고, 담장에 매달린 박덩이의 꼭지를 마르게 하고, 낫을 잡은 농군의 팔목에 힘이 오르게 할 것입니다. 그리 되기를 기도합니다.

가을의 초입에 선 지금은 잠시 세사世事를 접어두고 흐르는 세월의 강물에 두 발을 담근 채 물끄러미 석양을 바라보고 싶습니다. 짐짓 작은 여유 속에 자신을 풀어버리길 소망합니다.

성담수
成聃壽

?~?

조선 전기의 문신. 자는 이수耳叟, 호는 문두文斗, 시호는 정숙靖肅. 생육신의 한 사람으로 성삼문成三問과 6촌간이다. 단종복위운동 때 아버지가 극심한 국문을 받은 후 세상을 떠나자 그 뒤 벼슬을 하지 않고 은거하여 독서와 낚시로 세월을 보냈다.

秋

가을 나루터
秋江待渡圖

전선
錢選

아련한 산 빛깔 흐르는 듯 비취빛
사무치게 맑은 강물 온 하늘에 가을 가득
차운 안개 저 멀리 석양 한 줌 띠집 한 채
오래오래 나룻배 기다리는 길손이여!

山色空濛翠欲流
長江淸澈一天秋
茅茨落日寒煙外
久立行人待渡舟

가을 ○ 다섯

○ 가을맞이로 액자 하나 벽에 걸었습니다. 한무제漢武帝의 〈추풍사秋風辭〉를 옮겨 적은 자그마한 액자입니다. 흠 잡을 데 없는 행서行書입니다. 진한 먹빛이 낡고 빛바랜 옛 종이 위로 또록또록합니다.

    가을바람 이누나 흰 구름은 날리고
    푸나무 누른 잎 지네, 기러기는 남으로 돌아가는데……
    난초는 빼어나라 국화는 향기롭고
    그리워라 아름다운 사람! 잊을 수가 없어라
    물결 위에 누선樓船 띄워 분하汾河를 건너가네
    중류中流를 가로지르니 흰 물결이 솟는구나
    젊음이 얼마나 될꼬 늙음은 또 어이 하리
    秋風起兮白雲飛
    草木黃落兮鴈南歸
    蘭有秀兮菊有芳
    懷佳人兮不能忘
    泛樓舡兮濟汾河
    橫中流兮揚素波
    少壯幾時兮奈老何

    옛사람들은 산과 강을 찾을 수 없을 때 산수화 한 폭 걸어두고 누워서 유람을 즐겼다지요? 그것을 일러 와유臥遊라 했다더군요. 맞춤한 그림이 없으니 글씨라도 내걸 밖에요. 겨우 책 한 권 펼친 크기지만 이 글씨 한 점이 올가을 제겐 와유하는 홍복洪福을 선사할 것도 같습니다.
    한 가지 궁금한 건 왜 두 구절을 빼놓고 썼을까 하는 점입니다.

秋/

원시原詩에는 "퉁소소리 북소리 울려 뱃노래도 흥겹고야[簫鼓鳴兮發棹歌], 지극한 즐거움에 서글픔도 많아라[歡樂極兮哀情多]" 하는 두 구절이 마지막 줄 위에 더 있습니다. 아차, 암기暗記가 잘못된 실수일까요? 가득 찬 지면으로 보아 종이가 모자랐던 걸까요? 아니면 나름대로 속생각이 있어 일부러 누락한 걸까요? 이 또한 가으내 생각거리가 될 듯싶어 심심치는 않을 모양입니다.

전선
錢選

?~?

중국 송말宋末 원초元初의 화가·시인·학자. 자는 순거舜擧, 호는 옥담玉潭·삽천옹霅川翁·습란옹習懶翁. 송나라가 망하자 벼슬을 하지 않고 평생 떠돌아다니며 시를 짓고 그림을 그렸다. 인물·산수·화조를 잘 그렸고 만족스러운 작품에는 제시題詩를 지어 창작 의도를 더욱 잘 이해할 수 있도록 했다.

가을바람
秋風引

유우석
劉禹錫

어디에서 가을바람 오는가?
소슬히 기러기 떼 배웅하는 곳
아침이면 뜨락의 나무에도 밀려와
외로운 나그네가 맨 먼저 듣지

何處秋風至
蕭蕭送雁群
朝來入庭樹
孤客最先聞

가을 ○ 여섯

○ 운전을 하고 있었고 라디오에서는 부부 듀오 턱 안드레스Tuck Andress와 패티 캐스카트Patti Cathcart가 연주하는 〈그대는 내 숨을 멈추게 해요Takes my breath away〉가 흐르고 있었습니다. 오로지 기타 하나와 목소리 하나만으로 그윽하고 풍부하고 한없이 따뜻한 하모니를 만들어내는 이 노래를 듣다가 뜬금없이 아, 이 노래를 영영 들을 수 없는 것이 죽음이겠구나 하는 생각이 들었습니다.

자주는 아니지만 비슷한 경험과 느낌이 이따금씩 전혀 예기치 않은 시간과 공간 속에서 되풀이되곤 합니다. 죽음이란 눈을 감아도 환한 저 햇살 아래 고개 숙였다 다시 일어서는 억새의 은갈색 몸짓을 다시는 볼 수 없는 것이겠지 하는 생각이 역시 가을 길을 운전하며 든 적이 있습니다. 차를 마시다가 문득 죽음 뒤에는 두 손으로 감싸 쥔 찻사발의 이 온기를 더 이상은 느낄 수 없겠구나 하고 망연한 적이 있었고, "울타리마다 담쟁이넌출 익어가고 밭머리에 수수모감 보일 때면……" 하는 시를 읊조리다가 이 구절을 영원히 소리 내어 발음할 수 없는 것이 죽음이겠거니 하며 난감해진 적이 있습니다.

금방 겪고 있는 듯 생생한 실감으로 다가왔던 그럴 때의 느낌을 전할 길이 없습니다. 그것이 기쁨이나 즐거움일 리는 만무하겠으나 그렇다고 딱히 슬픔이나 아쉬움 또는 억울함 따위도 아니었습니다. 뭐랄까, 말로는 잘 묘사가 안 되는 어떤 막막함, 아득함 같은 것이었습니다, 그것은.

만일 죽음이 그런 것이라면 삶은 또 그 맞은편의 무엇이 아닐까 생각합니다. 이를테면 어두운 극장에 앉아 설경구나 메릴 스트립Mary Louise Streep의 연기에 공감할 수 있는 것이 삶이 아닐지요? 하얀 연뿌리에 찍어 먹으라고 상 위에 올린 깨소금 종지에서 솔솔 풍기는

냄새에 가슴이 아릿해지거나 아무 반찬 없이 양념간장 한 가지로 비
빈 밥을 넘기며 목이 메는 것이 삶은 아닐는지요? 뜰에 선 나무에서
이는 가을바람 소리에 절로 귀가 곤두서는 것이 정녕 삶이 아니겠는
지요?

유우석
劉禹錫

772~842

중국 당대의 시인. 자는 몽득夢得. 주로 민간가요의 정조와 언어를 채용하여 농민들의 생
활 감정을 노래했으며, 종종 우언시寓言詩를 지어 세상을 풍자하거나 회고시懷古詩를 남기
기도 했다. 유종원과는 시종 정치적 운명을 같이하면서 절친하게 지냈고 백거이와도 많은
시를 주고받았다. 저서에 《유몽득집劉夢得集》이 있다.

秋

달밤
秋夜月

삼의당 김씨
三宜堂 金氏

달은 하나 두 곳을 비춰주건만
두 사람 천 리를 떨어져 있네
청산에 바라건대 이 달빛 따라
밤마다 그대 곁을 비추었으면……

一月兩地照
二人千里隔
願隨此月影
夜夜照君側

가
을

○

일
곱

○ 반은 지상에 보이고 반은 천상에 보인다
　반은 내가 보고 반은 네가 본다

　둘이서 완성하는
　하늘의
　마음꽃 한 송이

　이성선, 〈반달-山詩 19〉

삼의당 김씨 | 조선 후기의 여류 시인. 당호는 삼의당. 가난한 살림을 꾸리던 여염집 여인이다. 일상생
三宜堂 金氏 | 활과 전원의 풍치 그리고 남편에 대한 애정과 그리움을 담은 한시와 산문을 남겼다. 문집
　　　　　 | 으로는 1933년에 《삼의당고三宜堂稿》가 간행되었는데, 여기에 시 99편과 19편의 산문이
1769?~? | 수록되어 있다.

秋

달이 있는 연못
月夜於池上作

이건창
李建昌

가
을

○

여
덟

달빛 좋아 잠 못 이뤄
문 밀치고 자그만 연못에 서다
연꽃은 고요히 모두 졌지만
나만이 그 향기 가슴에 맡다
바람 불어 연잎 살짝 몸을 뒤채자
물 아래 별 하나 꿈처럼 돋아나다
살며시 손 넣어 건지려 하니
파란 물결 시리도록 뼈에 스미다

月好不能宿
出門臨小塘
荷花寂已盡
惟我能聞香
風吹荷葉翻
水底一星出
我欲手探之
綠波寒浸骨

○ 나무 아래 구석으로 몰켜 있는 나뭇잎을 쓸어내다가 아래 켜의 낙엽은 이미 썩어 거름이 되고 있음을 보았습니다. 가을 들면서도 여전히 잦은 비 탓이기도 하겠지만 나뭇잎은 자연으로 돌아감이, 제자리로 환원함이 참으로 빠르구나 생각했습니다. "제 뼈를 갈아 재로 뿌릴 줄" 아는 것인가요? 하나둘 잎이 지기 시작하고 있습니다.

여름 계곡에 발을 담가보신 분은 누구나 시원하다고들 말씀하십니다. 그 계곡물이 하루하루 차가워지고 있습니다. 산골에서는 물에 손을 담그며 계절의 변화를 실감하기도 합니다. 바야흐로 가을입니다. 늦은 밤 창문 너머로 잠시 하현의 달이라도 올려다보시길.

이건창
李建昌

1852~1898

조선 말기의 문신·학자. 자는 봉조鳳朝/鳳藻, 호는 영재寧齋. 김택영金澤榮에 의해 여한구대가麗韓九大家의 한 사람으로 꼽혔다. 권력에 비판적이었으며 민생의 실상과 어려움을 많이 다루었다. 저서로는 문집 《명미당집明美堂集》과 조선 중기 이후의 당쟁을 연구한 《당의통략黨議通略》이 있다.

秋 /

가을바람
秋風

서거정
徐居正

대숲 길로 이어진 띠풀 서재에
가을날의 투명한 햇빛이 곱다
과실 익을수록 달린 가지 힘겨워라
오이 차울수록 매단 덩굴 드물구나
들락날락 꿀벌은 쉴 새 없이 날으고
한가로운 오리 떼 서로 기대 조으네
몸과 마음 고요함 조금은 알 듯도 하이
물러나 살고픈 맘 어긋나지 않았으니

茅齋連竹逕
秋日艶晴暉
果熟擎枝重
瓜寒著蔓稀
遊蜂飛不定
閒鴨睡相依
頗識身心靜
棲遲願不違

○ 귀한 가을날을 어찌 보내시는지요?

저요? 감나무 쳐다보며 지냅니다.

두 아름이 넘는 늙은 감나무가 너덧 그루 있습니다. 아마 이백 살도 훨씬 넘었을 겁니다. 한 서른대여섯 해 전만 해도 훨씬 많았는데 이런 구실 저런 핑계로 모두 베어버려 이제는 그것밖에 남지 않았습니다.

이 할아버지 감나무들 가운데는 조홍나무도 한 그루 있습니다. 왜 있잖던가요? "반중盤中 조홍早紅 감이 고와도 보이나다 / 유자柚子ㅣ아니라도 품엄즉도 하다마는 / 품어 가 반길 이 없을새 글로 설워하노라"(박인로朴仁老) 하는 시조에 나오는 조홍 말입니다. 참 일찍 익습니다. 초가을, 여느 나무의 감은 누른빛이 채 들기도 전에 발그레 익은 홍시를 풀밭에 무시로 떨굽니다. 크기는 작아 꼭 갓난아기 조막만 합니다. 게다가 씨조차 없어 한입에 쏘옥 들어갑니다. 맛이요? 아직까지 그만큼 맛난 감을 먹어보지 못했습니다. 가게나 백화점 진열대 위에 놓인 때깔 좋은 것들과는 비교도 할 수 없습니다. 얇은 껍질 속에 단물이 흥건하여 입에 넣기와 목에 넘어가기가 거의 동시에 이루어집니다.

송곳은 주머니에 넣어도 그 끝을 감출 수 없는 법, 이 조홍나무의 '명성'은 절 아랫마을의 꼬마들도 익히 알아 초가을을 넘기고부터는 하루에도 몇 차례씩 떨어진 감을 뒤지고 가는 바람에 애꿎은 풀밭이 남아나질 않습니다. 그러니 여간 부지런하지 않고는 절 식구 입에는 차지가 오지도 않습니다. 방법이 하나 있습니다. 새벽 예불을 마치자마자 장삼과 가사조차 벗지 않고 곧장 부엌으로 달려가 바가지 하나 챙겨 들고 손전등 앞세워 풀밭을 훑는 것입니다. 절반쯤 성

秋 /

149

공합니다. 동네 꼬마들의 손전등 불빛이 이리저리 교차할 때는 이미 늦은 것이니까요. 장삼 자락 이슬에 채는 것도 모르고 손전등 불빛에 드러난 홍시를 줍는 맛도 먹는 맛에 뒤지지 않습니다. 그렇게 주워온 감을 큰방에서 나눠 먹습니다. 밤새도록 이슬을 맞아 차가워진 감은 똑같은 것이라도 낮에 먹는 것과는 또 달라서 상쾌한 달콤함을 쉬이 잊을 수가 없습니다. 가을의 발걸음이 조금씩 빨라질 무렵, 이렇게 작은 소동을 치른 뒤에야 책을 펼치곤 했습니다. 벌써 삼십 년도 훨씬 넘은 예전의 일입니다.

조홍나무는 여전합니다. 하지만 어쩐지 열매도 그때만큼 실한 것 같지 않고 맛도 그 시절의 맛이 아닌 듯해 조금은 서운하고 섭섭합니다. 어쩌겠습니까? 이제는 할배라도 호호할배일 테니 열매도 맛도 예전과 같기를 바랄 수는 없는 노릇이겠습니다.

박물관 마당가에도 늙은 감나무가 한 그루 서 있습니다. 이 감나무가 가을 접어들면서부터 한 잎 두 잎 잎들을 떨구더니 요즈음은 하루가 다르게 그 양이 늘고 있습니다. 그에 비례해서 얼마 전까지만 해도 진초록 잎과 열매로 가득하여 쳐다보아야 하늘 한 점 볼 수 없더니 차츰 푸른 하늘이 면적을 넓혀갑니다. 열매도 날이 다르게 주홍빛이 늘고 있습니다. 잎들도 마찬가지입니다. 짓붉고, 붉고, 노란 반점들이 늘어나면서 색색으로 물들고 있습니다.

이미 익은 열매들은 벌써 여러 날 전부터 철퍼덕 마당으로 떨어져 내리고 있습니다. 대개는 어찌 손써볼 수도 없이 으깨져버리지만 개중에는 껍질 위로 콩고물 묻힌 듯 굵은 모래알이 박혀 얼굴이 찌그러졌을망정 '구제불능'은 아닌 놈도 더러 있습니다. 아침에 마당을 쓸다가 이런 놈을 주워 흐르는 물에 살살 모래를 씻어내고 입 안에

넣으면 혼자서 가을을 맛보는 기분입니다.

잎이 떨어지고 하늘이 드러나고 열매가 붉어가면서 열매와 하늘과 잎이 이루는 색의 대비가 점점 선명하고 또렷해집니다. 이렇게 하루하루 모습을 바꾸어가는 감나무를 쳐다보며 얼핏 나무는 제 품만큼 그늘을 만들고 제 세월만큼 열매를 맺는구나 하는 생각이 듭니다. 조고각하照顧脚下 — 제 발밑을 살피라 했으니, 나는 어떤 열매를 장만하고 어느만 한 그늘을 드리우고 있는지 돌아보게도 됩니다. 나무를, 노성老成한 나무를 닮고 싶습니다.

서거정
徐居正

1420~1488

조선 초기의 문신·학자. 자는 강중剛中, 호는 사가四佳 혹은 정정정亭亭亭, 시호는 문충文忠이다. 천문·지리·의약·풍수 등에 두루 밝았으며 특히 문장에 일가를 이루고 시에 능하여 조선 초기 관각문학의 제일인자로 군림했다. 우리나라 역대 한문학의 정수를 모은 《동문선》을 편찬했다.

秋

가을이 내리다
秋到

방회
方回

외진 산골에도 가을은 내려
가난하여 달리 맛볼 건 없지만
아람 번 햇밤이 입 안에서 사근대고
오려로 밥 지으면 퍼지는 향기!
아내의 병 조금씩 나아지지만
밤공기는 나날이 서늘해지니
묵정밭 뉘와 함께 손봐야 할꼬?
울 밑 국화 순은 저리 또 번지는데……

秋到山居僻
貧無異味嘗
擘黃新栗嫩
炊白早秔香
漸減家人病
徐添夜氣凉
憑誰理荒穢
籬落菊苗長

가
을
○
열

○ 아주 여러 해 전, 걸망 하나에 지팡이 하나로 남도의 가을을 걸은 적이 있습니다. 대체로 섬진강을 거슬러 오르는 길이었습니다. 하동에서 시작한 걸음은 악양을 거쳐 화개까지 이르고, 그곳에서 나룻배로 강을 건넌 뒤 구례를 지나 압록으로 이어졌습니다. 압록에서 섬진강을 버리고 보성강을 따라 걷던 걸음은 태안사泰安寺를 들러 산 하나를 넘은 뒤 다시 섬진강 줄기와 나란히 곡성에 닿았고, 그 뒤로는 옥과를 거쳐 담양에서 멎었습니다.

쉬엄쉬엄 걷는 길이었습니다. 찻길을 버리고 물이 줄어 바닥이 드러난 강을 걸었습니다. 절이 없으면 남의 집 재실을 빌어 침낭 하나로 잠을 청했습니다. 옥과를 지날 때는 가을걷이 하는 마을에서 집집이 일손을 돕느라 닷새를 머물기도 했습니다. 섬진강 하류 쪽으로는 강 언덕 양쪽에 굵은 띠처럼 밤나무 숲이 길게 이어지고 있었습니다. 아람이 벌어 떨어진 알밤들이 길에까지 지천이었습니다. 이따금씩 지나가는 차에 밟혀 으깨어진 놈들도 적잖았습니다. 걸망을 벗어놓고 주운 밤을 코펠에 삶아 점심 대신 까먹으며 걷던 일이 새삼스럽습니다.

가을은 참 고약스럽게도 방랑을 충동질합니다. 지금쯤 그 밤나무들은 다시금 알밤의 속살을 익혀가고 있지 않을지, 골골이 들어앉은 무논에서는 오려들이 맑은 향기를 안으로 안으로 다스리고 있지는 않을지 궁금하게 합니다. 아무래도 다시 걸망을 꾸려야 할까 봅니다. 국화가 피기 전에 또 한 번 먼 길을 나서야지, 다짐합니다.

방회
方回

1227~1307

중국 원대의 시인. 자는 만리万里, 호는 허곡虛谷. 어려서 고아가 되어 숙부를 따라 학문을 배웠다. 1262년 진사가 되었다. 송이 망한 뒤에는 벼슬에서 물러나 시를 벗 삼으며 지냈다. 당송唐末 이래의 율시를 모은 《영규율수瀛奎律髓》를 편찬했다.

秋/

턱 괴고 풋잠 들어
龍川客思

임제
林悌

비에 젖은 장미에 작은 뜰은 깊어서
고요 속에 무한히 나그네로 떠도는 마음
골똘히 생각하다 턱 괴고 풋잠 들어
꿈결에 강남의 단풍 숲에 노니네

雨濕薔薇小院深
靜中無限客遊心
沈思不覺支頤睡
夢入江南楓樹林

가을 ○ 열하나

○ 가을비가 제법 내려 여간 아니던 가을 가뭄이 한숨을 돌렸습니다. 젖은 잎과 가지에 무겁게 선 풀과 나무들로 작은 뜰은 깊고 고요합니다. 그 정적 속에 마음만이 나그네로 떠돌고 있습니다. 굳이 턱을 괴고 풋잠이 들지 않더라도 생각은 어느덧 바다 건너 남의 나라를 방랑하고 있습니다.

일본의 시코쿠[西國] 일주 도보 여행을 준비하고 있습니다. 천이백 킬로미터 남짓의 여정입니다. 오십 일 안팎이 걸리지 않을까 싶습니다. 짧지 않은 길이니 아무래도 신발이 가장 중요할 듯합니다. 먼저 좋은 신발을 구해야 할까 봅니다. 이것만은 아끼지 말아야겠다는 생각입니다. 그 밖에 필요한 것들도 차근차근 챙겨야 되겠지요. 떠날 날이 코앞에 닥치자 설렘과 기대와 가벼운 긴장에 가슴이 부풀어 오릅니다. 시월의 첫날을 이렇게 시작하고 있습니다.

임제
林悌

1549~1587

조선 중기의 문인. 자는 자순子順, 호는 백호白湖·겸재謙齋. 당파 싸움을 개탄하여 세상과 인연을 끊고 산야를 방랑하며 여생을 보냈다. 전국을 누비며 방랑의 서정을 담은 서정시가 제일 많고 기생과의 사랑을 읊은 시가 많은 것도 특색이다. 저서에는 《임백호집林白湖集》, 《화사花史》 등이 있다.

秋

가을밤
秋夜三五七言

정윤단
鄭允端

건듯, 바람이 일어
살풋, 달빛에 그늘
가지 끝에는 오동잎 소리
섬돌 아래는 풀벌레 울음
뉘라서 높은 다락 피리를 부는가
어느 집 다듬이소리 저리 급한가

風乍起
月初陰
樹頭梧葉響
階下草蟲吟
何處高樓吹短笛
誰家急杵擣秋砧

가
을

○

열
둘

○ 절에 담이 제법 많습니다. 그 담마다 누가 일부러 심은 것 같지도 않은데 담쟁이덩굴이 번어가고 있습니다. 왜 담쟁이를 담쟁이라 하는지 알겠습니다.

저 사는 집 앞뒤의 담과 축대에도 담쟁이가 늘어지고 드리워져 있습니다. 가을 들면서 조금씩 빛깔을 바꾸던 담쟁이가 요즘은 아주 발갛게 물이 들었습니다. 다른 나무나 풀들은 아직 멀쩡하게 푸른 잎을 달고 있건만 저 혼자 술 취한 얼굴이 되었습니다. 뒤 미닫이를 열면 축대에 드리워진 담쟁이가 액자에 끼운 사진마냥 눈에 들어옵니다. 대문을 밀고 나가다 보면 담장 가까이 다가서 카메라를 들이대던 관람객들과 마주칠 때가 잦습니다. 그럴 때마다 한마디씩 실없는 소리를 던집니다. "어, 공짜는 안 되는데……. 담쟁이가 모델료 내란 소리 안 해요?" 모델료를 받아도 될 만큼 담쟁이가 곱게 물들었습니다.

담을 따라 번던 담쟁이는 일각대문의 작은 지붕을 뒤덮고 더 이상 나아갈 곳을 찾지 못하자 급기야 허공에 몇 가닥 덩굴손을 휘젓고 있습니다. 그 모습이 참 고독해 보입니다. 대지에 든든히 뿌리를 내리지 못하고 직립한 담벼락에 몸 붙여 사는 것도 서러운데 더위잡을 아무 것도 없는 빈 하늘로 삶의 촉수를 번어야 하다니! 허방을 딛는 마음이 저럴까, 안타까워합니다. 하긴 이것도 저 혼자만의 생각인지 어찌 알겠습니까?

정윤단
鄭允端

1327~1356

중국 원대의 저명한 여류 시인. 자는 정숙正淑. 대대로 유학을 하는 집안에서 태어났으며 영민하고 시사詩詞에 뛰어났다. 동향의 시백인施伯仁에게 출가했는데 부부가 서로를 공경했다고 한다. 장사성張士誠의 군대에 의해 집안이 피해를 입어 가난과 질병 속에 삶을 마감했다. 남편 시백인이 유작을 모아 엮은 《숙용집肅庸集》이 있다.

秋

친구의 시골집
過故人莊

맹호연
孟浩然

친구는 기장밥에 닭을 잡아놓고서
나를 맞아 시골집에 함께 닿았네
쪽빛 물결 마을가를 감돌아 흐르고
푸른 산은 성곽 밖에 비스듬히 기울었네
자리 펴 타작마당 바라보고 앉아서
잔 잡고 나누는 말 뽕나무며 삼대 애기
중양절重陽節 돌아오길 기다렸다가
다시 와 국화꽃과 마주하리라

故人具雞黍
邀我至田家
綠水村邊合
靑山郭外斜
開筵面場圃
把酒話桑麻
待到重陽日
還來就菊花

○ 가을에 노자고 청하는 편지

배상拜上

서리 바람이 날로 차온데

형후兄候 만중萬重하시니이까? 앙념仰念이오며 제弟는 별고 없이 지내오며, 근래 경치를 살펴보오니 일천一千 산빛은 가을 서리를 물들여 누르며 붉으며 영롱히 벌려 있고, 섬 아래 국화는 동리東籬 외 도잠陶潛이를 만나는 듯이 송이마다 웃사오니, 형兄이나 제弟나 이런 때 아니 놀고 어떠한 때 즐기리잇가? 이제 즉시 나는 듯이 오옵소서. 자리를 정히 쓸고 기다리오리이다.

즉일卽日 제弟 아무 배拜

가을에노자고청ᄒᆞᄂᆞᆫ편지

ᄇᆡ샹

셔리바ᄅᆞᆷ이 날노차온ᄃᆡ

형후만듕ᄒᆞ시니잇가앙념이오며데ᄂᆞᆫ별고업시지ᄂᆡ오며근ᄂᆡ경치를살펴보오니일천산빗츤가을셔리를물드려누르며블그며영농이버러잇고셤아ᄅᆡ국화ᄂᆞᆫ동니외도줌이를만나ᄂᆞᆫ드시송이마다웃ᄉᆞ오니형이나데ᄂᆡ나이런ᄯᅥ아니놀고엇더ᄒᆞᆫᄯᅥ질기리잇가이제즉시나ᄂᆞᆫ듯시오옵쇼셔즈리를정히쁠고기드리오리이다

즉일데아모빅

《언간독諺簡牘》에서

맹호연
孟好然

689~740

중국 당대의 시인. 본명은 호浩. 호연은 그의 자인데 이름보다 널리 알려져 있다. 벼슬을 구했으나 뜻을 이루지 못한 채 방랑과 은둔으로 생애를 마감했지만, 왕유·위응물·유종원과 함께 '왕맹위유'로 병칭되며 대표적인 당대 자연파 시인의 한 사람으로 군림했다. 《맹호연집孟湖然集》 4권이 남아 있고 그 속에 260여 수의 시가 전한다.

秋/

다리 위에 말 세우고
訪金居士野居

정도전
鄭道傳

가을 구름 아득타, 사방 산은 고요한데
지는 잎 소리 없이 땅에 가득 붉었구나
다리 위에 말 세우고 가야 할 길 묻나니
이 몸이 그림 속에 있는 줄도 모른 채

秋雲漠漠四山空
落葉無聲滿地紅
立馬溪橋問歸路
不知身在畵圖中

가을 ○ 열넷

○ 봄이면 연초록 물결이 온 산을 번져 올라 이윽고 정상까지 점령하는 모습을 일기 쓰듯 보게 됩니다. 푸른 아우성입니다. 반대로, 가을이면 노을빛 단풍이 무대의 막이 내리듯 서서히 퍼져 내려 산자락까지 뒤덮는 광경을 목도합니다. 갈퀴빛 침묵입니다.

아무래도 가을에는 제 발밑을 물끄러미 응시하게 됩니다. 거둘 것도 갈무리할 것도 별반 없어 조금 허전하긴 합니다만, 그래도 저 노을빛 산그늘을 무대로 그림 속에 있음이 눈물겹게 고맙기도 합니다.

새벽바람이 일고 있습니다. 숲을 지나는 먼 바람 소리가 밀려왔다 밀려갑니다. 창문이 가볍게 덜컹거립니다. 아마 깊은 골짜기에는 무릎 깊이로 낙엽이 쌓이고 산과실도 제물에 떨어지지 싶습니다.

정도전
鄭道傳

1342~1398

고려 말 조선 초의 정치가·학자. 자는 종지宗之, 호는 삼봉三峰. 조선 개국의 핵심 주역으로 각종 제도의 개혁과 정비를 통해 조선왕조 500년의 기틀을 다져놓았다. 유학의 대가이며 글씨도 뛰어났다. 저서에 《삼봉집三峰集》, 《경제문감經濟文鑑》 등이 있다.

秋

강물에 뜬 달
江中對月

유장경
劉長卿

빈 모래톱 저녁 이내 거두어가자
가을 강에 깊이 뜬 보름달 하나
모랫벌에 그 모습 또렷하더니
달빛 아래 외로이 물 건너는 어여!

空洲夕烟斂
望月秋江裏
歷歷沙上人
月中孤渡水

가을 ○ 열다섯

◯ 가을이 깊어지더니 맑은 날이 계속됩니다. 그 덕에 초사흘 아미월蛾眉月부터 스무사흘 하현달까지 하루도 빠짐없이 맑은 가을 달을 보고 있습니다. 어제오늘은 새벽 예불에서 돌아오는 즈음에도 달이 머리 위에 있었습니다. 잎 지는 늙은 모과나무 가지 사이로 올려다보였습니다. 이슬이 덮였는지 법당 지붕 기와 이랑에는 하얗게 젖은 달빛이 부서지고 있었습니다. 달빛이 산중의 만물을 부드럽게 쓰다듬을 때 그 달빛 아래 외로이 물 건너는 이가 있음을 생각합니다.

유장경
劉長卿

709?~786

중국 당대의 시인. 자는 문방文房. 진사에 급제한 뒤 수주자사隨州刺史로 관직 생활을 마감하여 세칭 '유수주劉隨州'라고 하였다. 왕유처럼 한적하고 담박한 산수시가 많아 전원산수시인에 속한다. 특히 오언시에 능하여 '오언장성五言長城'이라는 칭호를 들었다. 《유수주시집劉隨州詩集》과 540여 수의 시가 전한다.

秋

작은 다리
小橋

이산해
李山海

티끌 한 점 없는 가을물 바닥까지 드맑아
긴 무지개 은은히 거울 물에 잠겼어라
숨어 사는 이 흥취 일어 거문고 안고 지나가니
다리 아래 물고기들 발자국 소리에 귀를 여네

秋水無塵徹底淸
長虹隱隱鏡中明
幽人乘興携琴過
橋下遊魚聽履聲

○ 뒷담에 일각문이 하나 있습니다. 밀치고 나가면 나무다리가 작은 계곡을 가로지르고 있습니다. 지난여름 모진 비에 물이 넘었건만 떠내려가지 않고 다리는 여전히 걸려 있습니다. 소리 내어 흐르던 물이 다리 아래서는 조용합니다. 제법 물이 깊어진 탓입니다. 깊은 강은 멀리 흐른다지만 깊은 물은 고요하기도 합니다. 요즘은 물 위로 온갖 나뭇잎들이 물고기 떼보다 많이 맴을 돌고 있습니다. 그 아래로는 사철 언제나 피라미, 송사리가 떼를 지어 한가롭습니다.

가을물은 맑습니다. 네 계절 가운데 가장 맑습니다. 여름물은 물론 봄물보다도, 겨울물보다도 한결 맑습니다. 왜 그런지 까닭은 모르겠으나 하여튼 틀림없이 그렇습니다. 바닥에 깔린 잔돌 하나하나의 윤곽이 또렷이 보일 만큼 시원스레 맑습니다. 그래서 옛사람들은 추수관어 秋水觀魚 — 가을물 속에 노니는 물고기를 본다고 했는가 봅니다.

가을이 깊어지면서 온 산이 점점 비어갑니다. 이맘때쯤이면 우리가 물고기 보듯 물고기도 세상의 소리에 귀 기울이는가 봅니다. 누구누구 할 것 없이 이 무렵에는 잘 조율된 현악기의 현처럼 사물의 소리에, 세상의 움직임에 섬세하게 반응할 수 있는 마음의 줄을 고르게 되는가 보지요?

이산해
李山海

1539~1609

조선 중기의 문신. 자는 여수汝受, 호는 아계鵝溪·종남수옹終南睡翁, 시호는 문충文忠이다. 어릴 때 신동으로 불렸으며 특히 문장에 능하여 선조 대 문장팔가文章八家의 한 사람으로 꼽혔다. 시서화에 두루 능하였으며 특히 글씨에 빼어나 조광조 묘비, 이언적 신도비 등의 글씨를 남겼다. 저서로 《아계집鵝溪集》이 있다.

秋/

연못의 밤비
蓮塘夜雨

이달
李達

가을비 가을 못에 찰랑대는데
가을 연잎 거의 모두 스러졌구나
서걱서걱 잎 위를 지나는 바람 소리
조을다 놀라 고개 드는 원앙새 한 쌍

秋雨漲秋池
秋荷太多死
蕭蕭葉上聲
驚起鴛鴦睡

○ 간밤 늦은 시각, 잠들기가 아까워 책장을 넘기고 있었습니다. 갑자기 창밖 뒤란이 소란스러운 소리. 한바탕 바람이 지나며 큰키나무 잎들을 떨구는 소리겠거니 했습니다. 아니었습니다. 귀 기울여 들으니 빗소리였습니다. "빈산에 우수수 잎 지는 소리[空山落木聲] / 성근 빗소리로 잘못 알고서[錯認爲疎雨] / 스님더러 문밖에 나가보라 하였더니[呼僧出門看] / 시내 남쪽 나뭇가지 달 걸렸다 전하네[月掛溪南樹]" 송강松江 선생은 이렇게 잎 지는 소리를 빗소리로 착각했다더니, 멋모르는 중생은 빗소리를 바람 소리로, 갈잎 흩어지는 소리로 오인했나 봅니다.

보던 책을 덮고 형광등 대신 촛불을 밝혔습니다. 소리들이 한결 또렷해졌습니다. 빗소리만이 아니었습니다. 낙엽 지는 소리, 마른 가지 부러지는 소리, 열매 듣는 소리, 풀벌레 찌륵거리는 소리, 시누대 서걱이는 소리, 낙숫물 토드락거리는 소리, 멧새 잠 깨어 뒤척이는 소리. "빗속에 산과일 떨어지고[雨中山果落] / 등불 아래 풀벌레 우는[燈下草蟲鳴]" 소리를 오래오래 앉아 들었습니다.

아침에 문을 나서니 아무 일도 없었던 듯 시치미를 뚝 뗀 하늘은 마냥 푸르고 표정을 싹 바꾼 바람은 더없이 순했습니다. 흔적은 오로지 길게 줄지어 선 단풍나무 아래 가득했습니다. 짓붉은, 붉은, 노오란, 샛노란 단풍잎들이 마당을 뒤덮고 있었습니다. 꽃밭, 아니 별밭이었습니다. 저리 붉은 채 질 수 있다면……, 하는 생각이 얼핏 스치고 지나갔습니다. 가지에 성글게 남은 단풍잎들은 비낀 아침 햇발을 받아 말갛게 속이 비쳐 보였습니다. 굽어보고 올려다보며 비를 든 채 쓸까 말까 한참을 망설이다 그냥 발길을 돌리고 말았습니다.

이달
李達

1539~1618

조선 중기의 시인. 자는 익지益之, 호는 손곡蓀谷. 한시의 대가로 문장과 시에 능하고 글씨에도 조예가 깊었다. 서얼 출신으로 벼슬길이 막히자 은거하며 제자 교육으로 여생을 보냈다. 특히 당시풍의 시를 잘 지어 선조 때의 최경창·백광훈과 함께 삼당시인으로 이름을 떨쳤다. 《손곡시집蓀谷詩集》이 전한다.

秋

강 마을
江村卽事

사공서
司空曙

낚시질서 돌아와 배도 매지 않았군
강 마을은 달 지자 곤한 단잠 한창인데……
밤새도록 바람에 이리저리 떠다녀도
기껏해야 갈꽃 핀 물가에 있을 테니

罷釣歸來不繫船
江村月落正堪眠
縱然一夜風吹去
只在蘆花淺水邊

가
을

○

열
여
덟

◯ 보름째 시코쿠의 길을 걷고 있습니다. 여든여덟 절을 차례로 방문하는 순례길, 이른바 '헨로미찌[遍路道]'입니다. 지금은 우라노우찌[浦ノ內]만灣 선착장의 대합실입니다. 만의 이곳저곳을 지그재그로 운항하는 작은 배를 기다리고 있습니다. 첫 배를 놓친 뒤라 다음 배까지는 동안이 뜹니다.

열어놓은 대합실 문 너머로 쪽배 위의 늙은 어부 내외가 보입니다. 부부가 아침 햇살을 등에 지고 쳐놓았던 그물을 걷어 올리고 있습니다. 이따금 그물에 걸린 물고기가 몸을 터느라 빛살을 튕기기도 하고 게도 한 마리씩 올라오긴 합니다만, 그리 대단한 소득은 아닌 듯합니다. 이윽고 걷어 올린 그물을 부표에 묶어 다시 바다에 던져둔 노부부는 고물 — 선미船尾에 달린 모터를 켜 다른 그물 쪽으로 배를 옮겨 비슷한 동작을 되풀이합니다. 잠시 흔들리던 해면海面에 다시 아침 햇살이 조용히 부서지고 있습니다.

사공서
司空曙

740~790?

중국 당대의 시인. 자는 문명文明. 인품이 결벽하여 권신權臣과 가까이하지 않고 가난을 감수하였다고 한다. 전기 등과 함께 대력십재자의 한 사람으로 꼽힌다. 저서로는 《사공문명시집司空文明詩集》이 있다.

시골집
題村舍壁

김정희
金正喜

잎 진 버들 한 그루, 서까래 몇 줄 집 한 채
머리 허연 영감 할멈 둘이 모두 스산한 모습
석 자 남짓 시내 곁길 넘어보지 못한 채
옥수수로 가을바람 칠십 년을 살았다네

禿柳一株屋數椽
翁婆白髮兩蕭然
未過三尺溪邊路
玉蜀西風七十年

◯ 길 한편 옥수수밭 가운데 시골집 한 채, 그 안에서 늙은 두 영감 할멈이 오순도순 구김살 없이 살고 있었다. 나이를 물었다.

"몇이시오?"

"일흔입지요."

"서울에는 가보았소?"

"관가에도 가본 적이 없는 걸요."

"무얼 먹고 사시는지?"

"옥수요."

부평초처럼 남북으로 떠다니며 비바람에 흔들리던 나는 이 노친네를 만나 그 말을 듣자 그만 나 자신도 모르게 망연자실 아득해졌다.

路旁村屋在蜀黍中, 兩翁婆熙熙自得. 問翁年幾何. 七十. 上京否. 未曾入官. 何食. 食蜀黍. 予於南北萍蓬 風雨飄搖, 見翁聞翁語 不覺窅然自失.

앞 시에 붙은 서문

이십오 일째 시코쿠에서 나그네로 떠돌고 있습니다. 어제오늘은 에히메[愛媛]현縣의 고원지대 구마코겐초[久万高原町]의 산길과 들길을 걷고 있습니다. 고원이라고는 하나 산 있고 물 있고, 그 사이에 논도 있고 밭도 있고 마을도 있어 우리네 산간 마을과 별반 다름이 없습니다.

어제 달랑 집 한 채만 있는 고개 아래에서 배낭을 내려놓고 흐르는 땀을 들이며 지친 걸음을 달랜 적이 있습니다. 오후의 햇살이 참 고즈넉했습니다. 오늘은 아침 햇살을 받으며 그 집 앞으로 난, 잔디가 촘촘히 자란 외줄기 산길을 다시 지납니다. 무슨 까닭인지 이 풍경이 눈에 밟혀 배낭을 맨 채 지팡이를 턱에 괴고 한참을 바라봅니다.

秋

하늘은 아직 말간 반달을 채 지우지 않고 있습니다. 시든 가을 풀에, 아직 시들지 않은 푸른 풀에 무수히 맺힌 이슬방울이 아침 햇살을 담뿍 받고 있습니다. 시렁에 얹힌 오이 넝쿨, 지붕을 덮은 호박 덩굴은 이미 마른 줄기가 되어 성한 잎은 몇 꼭지 남지도 않았습니다. 고추밭에도 뻣뻣이 시든 대궁만 들어서 있습니다. 밭 사이에 선 밤나무, 참나무 들도 제풀에 누른 잎을 하나둘 떨구고 있습니다. 몇 고랑씩 무와 얼갈이배추를 갈라 심은 자리만이 푸르고 싱싱합니다. 주위를 울창하게 에워싼 삼나무 숲만 아니라면 그대로 우리의 산골과 하등 다를 게 없습니다.

저리 무, 배추가 예쁜 걸 보면 분명 누군가 있으련만 녹슨 함석지붕 안에도, 숲 속에도, 밭 언저리에도 인기척이라곤 도무지 없습니다. 어제도 그랬고, 오늘도 그렇습니다. 소리라곤 오로지 물소리, 몸을 가볍게 꿈틀대며 밭뙈기 사이를 지나는 작은 시내에서 흘러나오는 졸졸거림뿐입니다. 누굴까, 여기 사는 사람은? 이 사람에게 법은 무슨 소용이며 나라는 또 어디에 쓴담, 하는 생각이 외진 산골에 무심히 내리고 있는 가을 햇살을 흔들고 맙니다.

김정희
金正喜

1786~1856

조선 말기의 문신·학자·서화가. 자는 원춘元春, 호는 추사秋史·완당阮堂을 비롯하여 500가지 이상에 이른다. 청대 고증학자들이 주창한 서법 이론의 실질적인 완성자로 동아시아 서예사에서 독보적인 위상을 차지한다. 워낙 글씨로 유명하지만 그의 시 또한 높은 성취를 이룬 것으로 평가된다.

저문 강에 바람 일 때
龍湖

김득신
金得臣

차가운 구름 속에 고목 한 그루
소나기 지나가는 가을 산자락
저문 강에 바람 불어 물결이 일자
어부는 서둘러 뱃머리를 돌리네

古木寒雲裏
秋山白雨邊
暮江風浪起
漁子急回船

○ 왼편으로는 바다가 발밑에서 출렁거리고 있습니다. 세토[瀬戸]내
해內海입니다. 해면에 떨어지는 빗방울들이 무수한 잔무늬를 만들고
있습니다. 이런 날은 새들도 날기를 멈추는지 잿빛 털을 지닌 왜가리
한 마리는 바위에 저 홀로 떨어져 비 내리는 바다를 하염없이 바라
보고 있고, 청둥오리 떼는 오스스 방파제에 모여 앉아 깃털을 부풀리
고 있습니다. 뒤로는 방금 지나온 마쓰야마[松山] 항구가 크게 호를
그리고 있으며, 그 호가 끝나는 곳부터는 크고 작은 섬들이 검푸른
산 그림자를 드리운 채 점점이 이어지고 있습니다. 비구름에 젖어 바
다는 하늘을 닮고 수평선은 흐릿한데, 멀리 섬 사이로 이물 ― 선수
船首를 북으로 한 화물선 한 척이 느릿느릿 떠가는 사이, 세계의 바다
를 누볐음 직한 커다란 여객선이 하얀 자태를 뽐내며 어느새 화물선
을 앞질러 나아갑니다. 항구에는 발이 묶인 어선들이 하릴없이 내리
는 비를 맞고 있습니다. 바다가 한번씩 출렁일 때마다 싱싱한 물비린
내가, 바다 내음이 와락 솟아올라 가슴을 채웁니다.

오른편으로는 347번 지방도가 해안을 따라 흐르고 있습니다. 바
로 그 옆으로는 팔을 벌리면 닿을 듯이 JR요산센[予讃線]의 외줄기 철
길이, 그 다음은 196번 국도가 해안과 나란히 달리고 있습니다. 그 너
머는 마을과 산입니다. 철길 옆의 갈대는 무겁게 고개를 숙인 채 숨죽
이며 서 있고 비구름에 싸인 산, 산들은 제 모습을 온전히 드러내지
못하여 허리를 내밀기도 하고 얼굴을 드러내기도 합니다. 비구름 사
이로 붉은 단풍이 초록 바다에 피를 뿌린 듯 선명하게 점을 찍고 있는
모습이 언뜻언뜻 내비칩니다. 어쩐지 요코야마 다이칸[横山大觀]의 그
림이 떠오르는 풍경입니다. 산도 바다도 비에 젖고 있습니다.

비를 만난 건 마쓰야마 교외의 다이산지[太山寺]에서입니다. 낮

게 가라앉던 하늘이 더는 참을 수 없다는 듯이 본당本堂에 닿자마자 그예 비를 쏟고 맙니다. 간식을 먹는다, 사진을 찍는다, 긴치 않은 일로 한 시간을 기다려도 비가 멈출 기미는 좀체 보이지 않습니다. 하는 수 없이 윈드재킷을 꺼내 입고 빗속에 길을 나섭니다. 시내의 엔묘지[円明寺]를 거쳐 이제 막 마쓰야마 시가를 빠져나왔습니다.

비는 그칠 생각이 전혀 없는 모양입니다. 추적추적 마냥 내리고 있습니다. 이번이 이미 세 번째이니 내리는 비에는 별 유감이 없습니다. 순하게 내리는 것이, 지난번처럼 퍼붓지 않는 것이 도리어 고마울 뿐입니다. 나그네는 한 곳에 머물 수 없는 자, 좋은 곳도 싫은 곳도 두고 떠나야 하는 것이 길손의 몸가짐, 바람이 불어도 비가 내려도 걸음을 멈출 수 없는 것이 떠도는 자의 예의라는 생각이 문득 듭니다. 다만 너무 어둡기 전에 하룻밤 묵을 곳을 찾을 수 있기를, 그 잠자리가 치르는 값에 비해 안락하고 쾌적하기를 소망할 따름입니다. 잠시 벗어놓았던 배낭을 다시 두 어깨에 올러 맵니다.

김득신
金得臣

1604~1684

조선 후기의 시인. 자는 자공子公, 호는 백곡柏谷·구석산인龜石山人. 옛 선현들의 글 읽기를 좋아했고 특히 5언·7언 절구를 잘 지었으며 시어와 시구 다듬기를 중요시했다. 문집인 《백곡집柏谷集》이 전하며 시를 보는 안목도 높아 《종남총지終南叢志》 같은 시화집도 남겼다.

秋

175

노산 가는 길
魯山山行

매요신
梅堯臣

산야山野의 정취가 맘에 들어 걷는 길
길 따라 첩첩한 산 높아졌다 낮아졌다
그림 같은 봉우리 발길 좇아 모습 바꿔
홀로 걷는 깊은 산길 길을 잃고 말았네
서리 내린 나무 위로 곰은 기어오르고
빈 숲 시냇가엔 사슴이 물 마시네
어디쯤에 인가人家는 있는 것일까?
구름 밖에 한 줄기 닭 울음소리

適與野情愜
千山高復低
好峰隨處改
幽徑獨行迷
霜落熊升樹
林空鹿飮溪
人家在何許
雲外一聲鷄

○ 절 안에 단풍나무가 꽤 많습니다. 남들은 곱네 예쁘네 감탄을 하건만 어린 시절부터 보았었고 다시 돌아와 십 년 가까이 해마다 보고 있으면서도 정작 저는 무덤덤하기만 했습니다. 가을이 아주 이울던 어느 날, 거의 잎을 떨군 여느 나무들 너머로 군데군데 이월의 꽃보다도 붉다는 늦단풍이 피어나는 모습과 우연히 마주친 적이 있었습니다. 참 고왔습니다. 우리 절 단풍이 이렇게 고왔나 싶은 생각에 새삼스럽기도 하고 아무래도 내가 너무 무심한 거 아닌가, 아니면 나이가 들어서야 저런 풍광도 눈에 들어오는 건가 싶기도 했습니다.

아무래도 무심하긴 무심한 모양입니다. 남들 다 아는 것 뒤늦게 깨닫는 아둔함도 그렇지만, 주말이면 수도 없이 많은 사람이 오르는 산꼭대기에 올라본 것도 여러 해 전이고, 문만 열면 이리저리 뚫린 숲길을 차분히 걸어본 것도 기억에 가물가물하니 말입니다. 숲에 나서야 물 마시는 사슴은 두더라도 도토리 줍는 다람쥐나마 만날 텐데 기껏해야 바라보는 게 고작이니 정녕 딱한 인생임에 분명합니다. 산에 살면서 산을 모른다 하니 한심하달 밖에 저를 두고 달리 이를 말이 없습니다. 하니, 언감생심 산을 즐기는 일이겠습니까? 창 열고 푸른 산과 마주 앉으랴던 시인의 충고가 민망한 요즈음입니다.

곱던 단풍도 모두 스러진 자리에 몇 알 남은 까치밥이 대신 들어섰습니다. 하늘은 산의 능선 따라 온전히 제 모습을 드러낸 나무들 사이사이까지 가득 들어차서 한결 넓어졌습니다. 겨울 채비를 끝낸 큰 산의 자태가 의연합니다. 이제 저 산 위로 눈이 쌓이고 바람이 지나고 별과 달이 찬 빛을 뿌릴 것을 기다립니다.

매요신
梅堯臣

1002~1060

중국 송대의 시인. 자는 성유聖俞. 구양수, 소순흠 등과 함께 당시 유행하던 서곤체西崑體를 배격하고 시가의 혁신운동을 일으켰다. 평담平淡한 시풍을 주장하면서 다양한 제재를 질박한 언어로 평이하게 표현하였다. 소순흠과 함께 '소매蘇梅'라고 병칭되었다. 《완릉선생집宛陵先生集》이 전한다.

秋/

무덤에는
重到襄陽哭亡友韋壽朋

두목
杜牧

무덤에는
한 그루 나무와
가을바람과

자녀도 없는 고인故人의
허전함이
있다.

그리고
여기서 헤어지던 우리의
추억과,

달빛과, 또 누군가가
강 건너에서 불고 있는
피리 소리가
있다.

故人墳樹立秋風
伯道無兒迹更空
重到笙歌分散地
隔江吹笛月明中

한시 옮김 / 이원섭

○ 우리는 누군가의 벗입니다. 누이이고 오라버니이며 연인이고 아내이며 남편입니다. 우리의 누군가는 우리가 살아가는 짐이자 힘입니다. 때로는 그 누군가가 우리의 어깨를 무겁게, 허리를 휘게 하지만 그들의 선한 눈망울이 우리를 울게 하고, 그들의 젖은 목소리가 우리를 뜨겁게 하고, 그들의 무심한 몸짓이 우리를 들뜨게 합니다. 나의 고단함이 구원의 대상이 아니라 저들의 선한 눈망울, 젖은 목소리, 무심한 몸짓이 나의 구원을 기다리는 조난신호입니다.

누군가의 온기, 그 살가움이 그리워지는 계절입니다. 꼭 그 그리움만큼 따순 손 내밀어 당신의 누군가에게 다가서시기를.

두목
杜牧

803~852

중국 당대의 시인. 자는 목지牧之, 호는 번천樊川. 시에서 이상은과 나란히 이름을 날려 '소이두小李杜(작은 이백과 두보)'라고 불렸다. 고시는 두보·한유의 영향을 받아 사회·정치에 관한 내용이 많다. 7언의 율시와 절구가 생동감 있으며, 맑고 함축성 있는 시어가 시의 격조를 높인다. 문집으로는 《번천문집樊川文集》 등이 있다.

산과일
摘果

김창협
金昌協

산과일도 꼽아보면 한두 가지 아니지만
서리 온 뒤 한결같이 달콤한 향기 넘쳐
나무꾼 따라가 찾아낸 것을
숲 속에 스님과 함께 앉아 맛보면서
높은 덩굴 꼭대기 따지 않은 것
다람쥐 양식으로 남겨둔다오

山果非一種
霜餘溢甘芳
行隨樵子覓
坐共林僧嘗
高蔓摘未盡
留作鼪鼯糧

가
을

○

스
물
셋

◯ 찬 서리
  나무 끝을 나는 까치를 위해
  홍시 하나 남겨둘 줄 아는
  조선의 마음이여.

  김남주, 〈옛 마을을 지나며〉

김창협
金昌協

1651~1708

조선 후기의 학자·문신. 자는 중화仲和, 호는 농암農巖, 시호는 문간文簡이다. 고고하고 기상이 있는 문장을 쓰고 글씨도 잘 쓴 당대 문장가이다. 전아하고 순정한 문체를 추구한 고문가古文家로 전대의 누습한 문기文氣를 씻었다고 김택영에게 높은 평가를 받았다. 저서로는 《농암집農巖集》, 《주자대전차의문목朱子大全箚疑問目》 등이 있다.

이슬로 먹을 갈아
步虛詞

고병
高騈

청계산의 도사道士를 사람들은 모르지
하늘을 오르내릴 때 학을 타고 다닌다네
동굴 문 굳게 닫고 차가운 창 아래서
이슬로 붉은 먹 갈아 주역에 점을 찍네

淸溪道士人不識
上天下天鶴一隻
洞門深鎖碧窓寒
滴露研朱點周易

○ 또 눈입니다. 세찬 바람이 함께 불어 눈보라입니다. 하늘은 점점 어둠 속으로 빨려드는데 댓돌도, 마루도 하얗습니다. 방 한편에 신문지를 깔고 섬돌에서 눈을 맞고 있던 신발을 들여놓았습니다. 신발을 들여놓으니 묘하게도 세상과 연결된 마지막 끈을 거두어들인 기분이 됩니다. '장륙藏六'이라는 말이 있습니다. 거북이의 별칭입니다. 툭하면 딱딱한 등껍데기 속에 여섯 가지, 머리와 네 발과 꼬리를 감추기 때문에 그렇게 부른답니다. 절집에서는 여섯 가지 감각기관을 잘 단속하라는 뜻으로도 쓰고 있습니다. 신발마저 들여놓으니 이 말도 떠오릅니다.

눈 때문이건 눈 덕분이건 기왕에 신발을 들여놓았으면 방울 이슬에 붉은 먹 갈아 주역에 점을 찍으면 좋으련만, 귀는 한없이 길어져 지상을 스치는 바람 소리에 곤두서곤 합니다. 풍설야귀인風雪夜歸人─눈보라 치는 밤에 돌아올 사람도 없는데 말입니다. 차라리 이런 밤엔 긴 편지라도 써야 할까요?

I

내 그대를 생각함은 항상 그대가 앉아 있는 背景에서 해가 지고 바람이 부는 일처럼 사소한 일일 것이나 언젠가 그대가 한없는 괴로움 속을 헤매일 때에 오랫동안 전해오던 그 사소함으로 그대를 불러보리라.

II

진실로 진실로 내가 그대를 사랑하는 까닭은 내 나의 사랑을 한없이 잇닿은 그 기다림으로 바꾸어버린 데 있었다. 밤이 들면서 골짜기엔 눈이 퍼붓기 시작했다. 내 사랑도 어디쯤에선 반드시 그칠 것을 믿는다. 다만 그때 내 기다림의 姿勢를 생각하는 것뿐이다. 그동안에 눈이 그치고 꽃이 피어나고 낙엽이 떨어지고 또 눈이 퍼붓고 할 것을 믿는다.

황동규, 〈즐거운 편지〉

고병
高騈

?~887

중국 당대의 무장·시인. 자는 천리千里, 봉호封號는 발해군왕渤海郡王. 황소의 난을 진압했는데, 이때 신라의 최치원이 그의 종사관으로 종군하면서 흔히 '토황소격문討黃巢檄文'이라고 부르는 〈격황소서檄黃巢書〉를 지은 것으로 유명하다. 뒷날 당 말기의 혼란을 틈타 천하대권을 노리고 양주揚洲에 할거하다 살해되었다.

초승달 숲에 들어
次子剛韻

변계량
卞季良

문 닫자 온 방에 맑은 기운 하나 가득
까아만 서안書案에는 조촐한 경전 한 권
초승달 숲에 들어 그림자 이우는데
외로운 등불 하나 밤새껏 밝아라

關門一室淸
烏几淨橫經
纖月入林影
孤燈終夜明

겨
울

○

둘

○ 겨울입니다. 문을 닫고 방 안에 홀로 앉기 알맞은 때입니다. 안으로 안으로 자신을 물끄러미 들여다보기 좋은 계절입니다. 작은 책상 마주하여 등 곧추세운 채 옛 책을 펼쳐도 좋겠고, 아니라면 우두커니 이슥토록 앉아 은은한 등불을 바라보는 것도 괜찮지 싶습니다. 그럴라치면 아마도 숲 속에서 달그림자 이우는 소리가 천둥소리처럼 들려올지도 모를 일이겠습니다.

변계량
卞季良

1369~1430

조선 초의 문신. 자는 거경巨卿, 호는 춘정春亭, 시호는 문숙文肅이다. 20여 년간 대제학을 맡고 성균관을 장악하면서 외교문서를 거의 도맡아 쓰고 문학의 규범을 마련하였다. 《태조실록》 편찬과 《고려사》를 고치는 작업에 참여했으며 문집에 《춘정집春亭集》이 있다.

冬

겨울 강
江上

유자휘
劉子翬

강 위로 밀물 일어 물결 하늘 뒤덮을 때
건너편 시린 나무 자욱한 저녁 안개
북풍 사흘에 건너는 이 하나 없어
적막한 모랫벌엔 배들만 옹기종기

江上潮來浪薄天
隔江寒樹晚生煙
北風三日無人渡
寂寞沙頭一簇船

겨울 ○ 셋

◯ 교회 하나를 보았습니다. 호숫가 야트막한 언덕에 다소곳이 솟아 있었습니다. 주변의 돌들을 모자이크처럼 쌓아 올려 만든 곳이었습니다. 재료는 소박하고 모양은 단순하며 크기는 긴 의자 서너 줄이 놓일 만치 작았습니다.

교회 뒤로는 호수와 산과 하늘만이 있었습니다. 주위만도 이십 킬로미터가 넘는다는 호수는 만년설과 빙하가 녹아 그들이 말하는 '밀키 블루milky blue', 우리네 표현으로는 유옥빛으로 빛나는 물이 넘실대고 있었고, 그 너머로 해발 삼천 미터가 넘는다는 산봉우리들이 멀리 눈과 구름에 뒤덮여 있었습니다. 작은 아치형 문을 들어서면 이런 모습이 한눈에 들어왔습니다. 뒷면 벽의 중간을 왼쪽에서 오른쪽까지 모두 틔워 커다란 유리창을 달았기 때문입니다. 유리창 한가운데 손바닥만 한 나무 십자가 하나가 놓여 있었습니다. 그것이 전부였습니다. 실내에는 의자 몇 줄만 있을 뿐, 이밖에는 아무 것도 없었습니다.

그곳에는 영감과 신성이 깃들어 있었습니다. 에게 해에 떠 있는 그리스 섬에서 보았던 희고 작은 교회들을 저절로 떠오르게 했습니다. 바티칸, 두오모, 아야소피아, 블루모스크 따위와는 또 다른 울림으로 가득한 곳이었습니다. 작기에 크고, 비었기에 충만하고, 소박하기에 빛나고, 고요하기에 말씀이 들리는 곳이었습니다.

겨울은 우리에게 겸손과 침묵을 가르치는 계절입니다. 여행길 테 카포Te Kapo 호숫가에서 만난 작은 교회 — 선한목자교회[Church of the Good Shepherd]의 영상이 올겨울만이라도 저를 반걸음쯤 겸손과 침묵으로 인도해주리라 기대해봅니다.

유자휘
劉子翬

1101~1147

중국 송대의 시인. 자는 언충彥沖, 호는 병옹病翁·병산屛山, 시호는 문정文靖이다. 벼슬을 지내다가 병으로 사직한 후 은거해 강학에 전념하였다. 성리학자 주희朱熹의 스승이다. 시는 명랑하고 호쾌하며 침통 강개하다는 평을 받는다. 저서에 《병산집屛山集》이 있다.

冬 /

만전춘별사 滿殿春別詞
述樂府詞

김수온
金守溫

어름 우희 댓닙자리 보와
님과 나와 어러 주글만뎡
어름 우희 댓닙자리 보와
님과 나와 어러 주글만뎡
졍情둔 오눐밤 더듸 새오시라 더듸 새오시라

겨
울 ○
넷

十月層氷上
寒凝竹葉栖
與君寧凍死
遮莫五更鷄

◯ 겨울, 사람의 체온이 그리운 계절입니다. 나의 체온이 누군가의
그리움이면 좋겠습니다.

_김수온의 〈술악부사述樂府詞〉는 고려가요 〈만전춘별사滿殿春別詞〉를 한역漢譯한
것입니다.

김수온
金守溫

1410~1481

조선 초기의 문신·학자. 자는 문량文良, 호는 괴애乖崖·식우拭疣, 시호는 문평文平. 학문과
문장에 뛰어나 서거정·강희맹 등과 문명을 다투었다. 세종·세조 때의 편찬 및 번역 사업
에 공헌했다. 《치평요람治平要覽》 등을 편찬했으며 불경의 국역國譯과 간행에도 공이 컸다.
문집에 《식우집拭疣集》이 있다.

冬/

대나무에 대하여
于潛僧綠筠軒

소식
蘇軾

겨
울

○

다
섯

밥상 위에 고기반찬 없을 수는 있겠으나
사는 곳에 대나무가 없어서는 아니 되리
고기반찬 없으면 사람이 마르지만
대나무 없으면 속물 되기 마련이지
마른 거야 오히려 살찌울 수 있겠으나
선비가 속되면 고칠 수도 없다네
사람들 이 말을 비웃으며 말하지
고상한 듯하지만 어리석기 짝 없다고
대나무 대하면서 배부를 수 있다면
세상에 어째서 양주학揚州鶴이 있을까!

可使食無肉
不可使居無竹
無肉令人瘦
無竹令人俗
人瘦尚可肥
士俗不可醫
傍人笑此言
似高還是癡
若對此君仍大嚼
世間那有揚州鶴

○ 몇 사람이 어울려 각자 소망하는 바를 말하게 되었다. 어떤 이는 양주자사揚州刺史가 되고 싶다고 했고, 다른 이는 돈이 많았으면 좋겠다고 했으며, 또 다른 이는 학을 타고 하늘로 날아올라 신선이 되고프다고 했다. 묵묵히 듣고 있던 나머지 한 사람이 말했다. "허리에 십만 관의 돈을 차고서 학을 타고 날아가 양주자사가 되고 싶구먼."

有客相從 各言所志. 或願爲揚州刺史, 或願多財幣, 或願騎鶴上昇. 其一人曰 願腰纏十萬貫騎鶴上揚州.

양梁 은운殷芸, 《은운소설殷芸小說》에서

대선을 코앞에 두고 문득 양주학이 생각남은 어인 까닭일까요?

소식
蘇軾

1037~1101

중국 북송의 정치가·학자·문인·서화가. 자는 자첨子瞻, 호는 동파거사東坡居士, 시호는 문충文忠. 중국 문학사상 가장 위대한 문호로 손꼽힐 정도로 문학적 성과가 단연 우뚝하다. 시는 기상이 광대하고 의취가 빼어나며 보고 느낀 것을 자신의 사상 속에 융화시켜 가장 적절한 방법으로 읊고 있다. 저서로는 《동파집》과 《동파후집》 등이 있다.

겨울 소묘
遠自廣陵

진관
秦觀

추운 날씨 물새들 서로 몸을 의지한 채
수천 마리 무리 지어 지는 노을 희롱하며
길손이 다 지나도록 아랑곳도 않더니
쩌—엉 얼음 우는 소리에 일제히 날아오르네

天寒水鳥自相依
十百爲群戲落暉
過盡行人都不起
忽聞氷響一齊飛

◯ 혹 '얼음배'를 아시나요? 어린 시절, 두껍고 매끄럽게 얼었던 얼음이 슬슬 풀리기 시작하는 기미를 보일 무렵이 되면 동네 또래들은 톱이나 도끼, 쇠지렛대 따위를 어른들 몰래 챙겨 들고 개천으로 모였습니다. 위험하지 않을 만큼 깊은 곳을 골라 갖가지 도구로 얼음판을 깹니다. 요령껏 가능한 대로 큰 얼음 조각을 남기고 가장자리의 얼음은 잘게 부숩니다. 얼음배를 만드는 거지요. 그리곤 그 평평한 얼음덩어리에 올라 지게 작대기나 그 비슷한 긴 막대기를 상앗대 삼아 이리저리 저으며 희희낙락합니다. 대개는 얼음배가 갈라지거나 거기 올라탄 녀석들이 한곳으로 쏠려 물에 빠지는 바람에 신발과 양말이며 바지를 적셔 그걸 말리느라 개천가나 논밭에 불을 지피는 불장난으로 끝나게 되는 이 '가난한' 놀이가 해마다 한겨울을 넘긴 무렵이면 시골 아이들을 유혹했습니다.

박물관 뒤편 마당에 작은 못이 하나 있습니다. 연꽃도 없는데 절에서는 연당蓮塘이라 부릅니다. 겨울 들면서부터 맵찬 날씨가 이어진 탓인지 이 작은 못에 얼음이 두껍게 덮였습니다. 여느 해에는 볼 수 없던 일입니다. 점심을 먹고 못 옆을 지나다 보니 살살 얼음이 풀리는 기색이 완연했습니다. 저도 모르게 얼음판 위로 발을 들여놓았습니다. 싱겁게 쿵쿵 발을 굴러보기도 하고 몇 발자국 뛰어가다 미끄럼을 타보기도 했습니다. 그러다 돌아보니 엄마 손을 잡고 가던 꼬마가 웃고 있었습니다. 아이의 엄마도 엷게 미소 짓고 있었습니다. 나이에도 차림새에도 어울리지 않아 보였던 모양입니다. 저도 멋쩍어 마주 웃어주었습니다. 생각에, 아마도 기억의 밑바닥에 가라앉아 있던 유년의 겨울이 자신도 모르는 새에 제 몸을 움직였던가 봅니다.

여기저기 자주 오가다 보니 겨울 철새들이 물가 모래밭에, 얼음

위에 잔뜩 털을 부풀린 채 오그르르 모여 있는 광경을 어렵잖게 볼 수 있습니다. 겨울 풍경의 하나로 느껴집니다. 그것도 이제는 막바지, 지금부터는 겨울새들이 슬슬 길 떠날 채비를 서두르지 싶습니다.

진관
秦觀

1049~1100

중국 북송의 문인. 자는 소유少游·태허太虛, 호는 회해거사淮海居士이다. 고문과 시에 능했고 특히 사詞에 뛰어나 애정 묘사와 신세에 대한 감회를 많이 담고 있다. 감정 표현은 진지하고, 정서는 우아하고 아름다우며, 어휘는 전아하다는 평을 받는다. 시문집으로 《회해집淮海集》이 있다.

冬 /

선달 그믐밤
除夜宿石頭驛

대숙륜
戴叔倫

겨
울
○
일
곱

주막의 밤 누구와 이야기를 나누랴
차가운 등불만 쓸쓸히 벗 삼을 뿐
한 해가 스러지는 선달 그믐밤
만릿길 먼 고향 돌아가지 못하는 이여
서글퍼라 지난 일
우습구나 이내 몸
시름진 얼굴에 희게 변한 살쩍으로
내일이면 또다시 새해를 맞는구나

旅館誰相問
寒燈獨可親
一年將盡夜
萬里未歸人
寥落悲前事
支離笑此身
愁顔與衰鬢
明日又逢春

○ 설이 며칠 남지 않았습니다. 설이라야 묵은 해 보내고 새해를 맞는 느낌이 드니 '쉰세대'가 영락없습니다.

요즘 절집 설 풍습으로 겨우 남은 것이 산중의 모든 대중이 법당에 모여 부처님께 세배 드리는 통알通謁, 암자까지 빠짐없이 산중을 돌며 새해 인사를 드리는 세배 그리고 윷놀이 정도입니다. 윷놀이는 대개 섣달 그믐밤 큰방에 모여 떠들썩하게 놉니다만, 그것도 요즈음은 어쩐지 시들한 인상입니다. 학인 시절, 구들장이 꺼져라 발을 굴러가며 윷놀이로 하얗게 밤을 밝히던 기억이 새롭습니다. 그때는 목이 쉬어 말소리가 나오지 않을 만큼 응원을 하고 신명을 내곤 했습니다.

일전 선원에서 학인 시절을 함께 보낸 도반道伴이 찾아왔습니다. 요지인즉슨 그믐날 윷놀이에 찬조를 하라는 말이었습니다. 그렇게 산중 곳곳을 돌며 추렴하는 것이 전해오는 관례입니다. 재주 있는 분들은 달마達摩니 난초니 그림을 그려 내주기도 하고, 그럴듯한 글귀를 한 붓에 휘둘러 보내고는 합니다. 그도 저도 아닌 저로서야 달리 변통할 도리를 마련할 밖에 별 수가 없습니다. 지난해에는 마침 손수 뜬 탁본 한 점을 보내는 것으로 면피를 했는데 올해는 어찌할까 여러 날째 궁리하고 있지만 아직도 '대책'이 서질 않습니다.

설이 다가오면서 이리 궁글 저리 궁글 하잘 것 없는 일들을 머릿속으로 궁글리다가 문득 이런 생각이 떠올랐습니다. 혹시 요란스런 윷놀이도 저 속절없는 세월에 짐짓 대들어보는 과장된 몸짓은 아닐까 하는.

대숙륜
戴叔倫

732~789

중국 당대의 시인. 자는 유공幼公. 만년에는 벼슬을 버리고 출가하여 도사가 되었다. 왕유나 맹호연의 시풍을 이어받아 자연을 관조하며 산수미와 한적한 심정을 읊었다. 저서 《술고述稿》는 전하지 않고 그의 글을 모아 편찬한 《대숙륜집戴叔倫集》이 전한다.

冬

스님에게
贈僧

박지화
朴枝華

세상 피해 고향 떠나 또 한 해를 보내는구려
첩첩 산 고요한 절 새벽종의 여운 안고
좋으리다, 마음에 욕심낼 일 없는 채
흰머리에 등불 돋워 옛글을 읽으시니……

逃世辭鄕歲又除
亂山蕭寺曉鐘餘
自憐心下無機事
白首挑燈讀古書

○ 따지고 보면 시작도 끝도 없고, 틈도 없고 마디도 없는 시간을 두고 맘대로 금을 그어 세밑이니, 해가 바뀌니 하는 일이 우습긴 합니다만, 그렇게라도 하지 않는다면 또 우리네 살림살이를 언제 한번 추스르고 되돌아보고 새 다짐을 해보겠습니까?

적지 않은 세월을 산속에서 보내고 또 한 해를 넘깁니다. 침묵보다 찬란한 새벽 종소리의 여운 속에서조차 무욕의 마음으로 등불 돋워 옛글 한 편 읽지 못하는 자신이 초라할 따름입니다. 아마도 여러분은 속이 꽉 찬 김장배추마냥 올 한 해를 야무지게 채우셨겠지요?

여러분 기억의 책갈피에는 올 한 해가 어떻게 갈무리되시나요? 부디 마무리 잘하시고 힘찬 새해 맞으세요.

박지화
朴枝華

1513~1592

조선 중기의 학자. 자는 군실君實, 호는 수암守庵. 유불선儒佛仙에 모두 조예가 깊었다. 임진 왜란 때 피란하였다가 왜병이 가까이 닥치자 두보의 5언 율시 한 수를 써서 나뭇가지에 걸어놓고 물속에 몸을 던져 죽었다. 문집 《수암유고守庵遺稿》와 저서 《사례집설四禮集說》이 있다.

冬/

새해 아침 거울 앞에서
元朝對鏡

박지원
朴趾源

홀연히 몇 가닥 수염만 늘었을 뿐
더 이상 자랄 것 없는 여섯 자 서러운 몸
거울 속 얼굴은 세월 따라 변하건만
어린 마음 여전히 지난해의 나로구나

忽然添得數莖鬚
全不加長六尺軀
鏡裏顔容隨歲異
穉心猶自去年吾

◯ 세상에 세월처럼 속절없고 무심한 게 또 있을라구요. 무슨 일에도 아랑곳없이 세월은 유유히, 도도히, 오연하게, 무표정하게 제 갈 길을 갑니다. 그런 세월이 야속하기는 하지만 저항의 몸짓 한번 짓지 못하고 고개 주억거리며 그저 그런가 보다 체념할 때쯤이면 적잖이 세월을 흘려보낸 즈음 아니던가요?

해가 바뀌었습니다. 새해입니다. 희망을 말해야 할 때입니다. 그러함을 번연히 알면서도 거울 속의 나를 들여다보면 가벼운 한숨이 저도 모르게 새어나오는 걸 어쩌지 못합니다. 주름살이 늘어나고 굵어져서가 아닙니다. 그 주름살에 걸맞게 눈빛이 그윽해지고 깊어지지 않아서 서글프고, 그 주름살에 어울리게 미소가 잔잔해지고 따뜻해지지 못해서 한심한 것입니다.

새해입니다. 올해는 모두들 넉넉한 눈빛, 푸진 미소가 차곡차곡 쌓이는 한 해가 되기를 빌어봅니다.

박지원
朴趾源

1737~1805

조선 후기의 문신·학자. 자는 중미仲美, 호는 연암燕巖. 북학北學의 대표적 학자로 소설·문학이론·경세학經世學·천문학·농학 등 광범위한 분야에서 활동했다. 이용후생利用厚生의 실학을 강조했으며 기발한 문체를 구사하여 여러 편의 한문소설을 발표하였다. 저서에 《연암집燕巖集》, 《과농소초課農小抄》 등이 있다.

冬

절
僧院

영일
靈一

겨
울

○

열

달빛에 이끌려 호계虎溪를 넘어가니
눈을 인 솔가지엔 덩굴풀이 얽혀 있네
끝없는 청산靑山이 다하는 자리
흰 구름 깊은 곳에 노승老僧들도 많아라

虎溪閑月引相過
帶雪松枝掛薜蘿
無限靑山行欲盡
白雲深處老僧多

○ 절 마당을 오갈 때마다 서쪽으로 고개 돌려 눈 덮인 산을 올려다봅니다. 한번 겨울이 들면 산자락과 달리 산정山頂에는 차곡차곡 눈이 쌓여 봄이 올 때까지 언제나 하얗게 빛납니다. 여러 해 전, 저 산에 올랐을 때 가슴까지 차오르던 눈의 깊이를 기억하고 있습니다. 눈의 깊이만큼 겨울산이 빛나는 건 아닐까, 오늘 아침 찬바람 속에 마당을 지나다 파아란 하늘을 짊어진 채 아침 햇살을 반사하고 있는 설산雪山을 쳐다보며 홀연 그런 생각이 들었습니다.

늙은 소나무의 겨울나기가 힘겨워 보입니다. 바늘잎은 어둡고 흐린 빛깔로 깊게 가라앉았습니다. 어지러운 바람에 쏴아쏴아 몸을 뒤채기도 합니다. 눈의 무게를 이기지 못해 성한 가지를 지상에 부려 놓기도 합니다. 불필요한 모든 것을 떨어버리고 구부정한 자세로 서 있는 모습은 늙은 수행자의 초상입니다. 노스님 별반 없는 요즘 절집을 늙은 소나무가 지키고 있습니다.

영일
靈一

728~762

중국 당대의 시승詩僧. 속성은 오吳. 《송고승전宋高僧傳》에는 "독경할 때마다 번번이 노래를 지었다"고 쓰여 있다. 저서에 시집 1권이 있고, 중국 청대에 편찬된 당시 전집 《전당시全唐詩》에 시 42수가 1권으로 편집되어 실려 있다.

冬

눈을 낚다
江雪

유종원
柳宗元

겨울 ○ 열하나

산이란 산 새 한 마리 날지를 않고
길이란 길 사람 하나 다니지 않네
외배 위 도롱이에 삿갓 쓴 늙은이
혼자서 차운 강 눈을 낚고 있누나

千山鳥飛絶
萬徑人蹤滅
孤舟簑笠翁
獨釣寒江雪

○ 책상머리에서 꿈지럭거리고 있는데 전화벨이 울렸습니다. 선배였습니다. 선배 부부와는 십팔 년째 알고 지내고 있습니다. 남편은 철학도, 아내는 건축학도입니다. 남편은 물러나는 참여정부에서 각료로 일하다 지난 대선 즈음에 사직을 하였습니다. 전화를 건 쪽은 아내였습니다.

새해 인사가 오갔습니다. 숭례문 얘기도 빠지지 않았습니다. 인수위가 나오고 영어 교육이니 경부 운하니 이야기가 길어진 끝에 선배가 물었습니다.

"이런 시절 우린 어찌 살까요?"

저는 낚시를 권했습니다.

"선배, 세월이나 낚으세요."

궁즉독선기신窮則獨善其身, 달즉겸선천하達則兼善天下 — 세상이 어지러우면 제 한 몸 닦고 세상이 바르면 천하를 이롭게 하라 했는데 모르겠습니다, 과연 선배 부부는 짙은 안개 속 같은 시절을, 질정 없는 바람 같은 세월을 어떻게 보낼지.

유종원
柳宗元

773~819

중국 당대의 문인. 자는 자후子厚이다. 문장가로 유명하여 당송팔대가의 한 사람으로 꼽히지만 시에서도 일가를 이루었다. 특히 산수시가 뛰어나 자구가 정련되고 경물의 관찰과 묘사가 치밀하여 산수의 청정한 시경을 잘 나타낸다는 평가를 받는다. 흔히 '왕맹위유'라 하여 왕유·맹호연·위응물과 나란히 칭송된다. 《유하동집柳河東集》이 전한다.

冬/

달과 서리
霜月

이행
李荇

저녁 무렵 보슬비가 온 하늘을 씻어내고
밤 들자 높은 바람 어둔 안개 걷어내어
종소리에 새벽꿈 깨니 추위 뼈에 스미는데
말간 달빛 하얀 서리 서로 고움 시샘하네

晚來微雨洗長天
入夜高風捲暝煙
夢覺曉鐘寒徹骨
素娥靑女鬪嬋娟

겨
울

○

열
둘

○ "밤마다 밤마다 부처 안고 잠이 들고[夜夜抱佛眠], 새벽이면 새벽마다 부처 안고 일어난다[朝朝還共起]"고 했습니다. 절집에서 사시사철, 삼백예순날, 십 년을 한결같이 빼놓지 않는 일과가 예불입니다. 새벽 세 시 정각, 도량석道場錫 목탁 소리가 천지 만물을 깨우기 시작하면 대중들이 생활하는 큰방을 비롯하여 절 여기저기 숨은 듯 자리 잡은 뒷방에서 하나둘 불이 켜집니다. 세수하고 양치하고 장삼 입고 가사 걸치고 하늘 한번 쳐다보고 새벽 종소리 들으며 법당으로 향합니다.

겨울이면 달빛에 새벽 서리가 얼마나 반짝이는지, 별들이 얼마나 오들오들 떨고 있는지, 범종 소리는 얼마나 얼어 있는지, 예불하는 동안 얼마나 코끝이 맵고 손끝이 시린지로 시절을 가늠합니다. 없이 사는 사람에게는 겨울 추위가 범보다도 무섭다는데, 요 며칠간 제법 새벽 공기가 알큰합니다. 털신 바닥이 언 땅과 부딪치는 소리가 딱딱하게 굳었습니다. 올겨울도 이렇게 고비를 넘고 있나 봅니다.

이행
李荇

1478~1534

조선 중기의 문신·시인. 자는 택지擇之, 호는 용재容齋이다. 시와 문장에 뛰어났으며 글씨와 그림에도 능하였다. 《성종실록》 편찬에 참여하였고 《동국여지승람》의 신증을 주도했다. 저서에 《용재집》이 있다.

冬 /

수선화
水仙花

김정희
金正喜

한 점의 겨울 마음 송이송이 둥글어라
그윽하고 담담하고 시리도록 빼어났네
매화가 고상하나 뜰을 넘지 못하는데
맑은 물에 참으로 해탈한 신선일세

一點冬心朶朶圓
品於幽澹冷雋邊
梅高猶未離庭砌
淸水眞看解脫仙

겨
울 ○
열
셋

○ 제주엘 다녀왔습니다. 이태 전인가, 제주 돌담을 보겠다고 몇몇
분과 함께 간 적이 있었습니다. 그때 돌담 아래 끝물의 수선화가 지
천인 모습을 보며 누구랄 것도 없이 이구동성으로 수선화를 '제대로'
보러 다시 와야 한다고들 이야기를 주고받았더랬습니다. 그래서 꾸
민 제주행이었습니다. 이름 하여 수선화 기행.

　수선화와 처음 마주친 것은 일출봉 앞에 떠 있는 작은 섬, 우도牛島
에서였습니다. 구불구불 사행蛇行하는 야트막한 돌담을 따라 고샅길
을 더듬던 승합차가 멈추어 선 자리, 예의 그 무릎도 채 차지 않는 검
은 현무암 돌담 아래 갓 봉오리를 내밀기 시작하는 수선화가 드문드
문 포기 지어 바닷바람에 흔들리고 있었습니다. 두 번째 대면은 두
모악의 김영갑 갤러리에서였습니다. 갤러리는 문을 닫은 학교 교정
의 가장 모범적인 리노베이션 사례로 꼽아도 좋을 듯했습니다. 사진
은 한 장 한 장이 시詩였습니다, 제주의 자연과 풍광을 읊은 슬프도
록 아름다운 시. 시를 쓰듯 셔터를 누르던 작가가 떠나간 자리, 틀림
없이 그의 손길이 닿았음 직한 돌담 가장자리 볕드는 곳마다 해사한
웃음을 지으며 수선화가 고개를 들고 있었습니다. 하늘도 바다도 검
은 어둠으로 출렁이기 시작하는 저녁 어스름, 제주의 바람을 그리는
화가 강요배 선생의 화실에서 세 번째로 수선화를 만났습니다. 뜰 한
편이 그대로 수선화 밭이었습니다. 어둠을 밝히기 위해 하얗게 켜 든
꽃등불 무더기였습니다.

　수선화는 과연 천하에 큰 구경거리입니다. 강절江浙 이남은 어떤지
모르겠습니다만, 이곳은 마을마다 동네마다 한 치, 한 자쯤의 땅에
도 수선화가 없는 곳이 없습니다. 화품花品은 대단히 커서 한 줄기에

冬/

많게는 열 몇 송이에 이르고, 예닐곱이나 대여섯 송이가 안 되는 경우가 없습니다. 꽃은 정월 그믐 이월 초에 피어서 삼월이 되면 산과 들, 밭두둑이 흰 구름이 질펀하게 깔린 듯, 백설白雪이 드넓게 쌓인 듯해지는데 제가 귀양살이 하는 집의 동쪽이나 서쪽이 모두 그러합니다. 움막 속에서 초췌해가는 이 몸을 돌아보건대 어찌 언급할 처지이겠습니까만, 눈을 감으면 그만이거니와 눈을 뜨면 눈에 가득 밀려드니 어떻게 해야 눈을 차단하여 보이지 않게 할 수 있겠습니까? 그런데 이 고장 사람들은 이것이 귀한 줄을 몰라서 소와 말에게 먹이고 발로 밟아버리기도 합니다. 또 보리밭에 많이 나는 까닭에 마을의 장정이나 아이들이 호미로 캐어버리고는 하는데, 캐내도 다시 나곤 하기 때문에 마치 원수 보듯 합니다. 사물이 제자리를 얻지 못함이 이와 같습니다. 또 '천엽千葉'이라는 종류가 있습니다. 처음 포기가 벌 때는 마치 국화의 청룡수青龍鬚와 같아서 서울에서 보던 천엽과는 크게 다르니 하나의 기품奇品입니다. 늦가을이나 초겨울에 삼가 큰 뿌리를 골라서 보내드리려고 합니다만, 그때 인편이 늦어지지나 않을는지 모르겠습니다.

水仙花 果是天下大觀. 江折以南 未知如何, 此中之里里村村 寸土尺地 無非此水仙花. 花品絶大 一朶多至十數花, 八九尊五六尊 無不皆然. 其開在正晦二初 至於三月 山野田墅之際 漫漫如白雲 浩浩如白雪, 累居之門東門西 無不皆然. 顧玆坎窞憔悴 何可及此, 若閉眼則已 開眼則便滿眼而來 何以遮眼截住耶? 土人則不知貴焉 牛馬食齕 又從以踐踏之. 又其多生於麥田之 故村丁里童 一以鋤去, 鋤而猶生之 故又仇視之. 物之不得其所 有如是矣. 又有一種千葉者 初開苞之時 如菊花之青龍鬚, 與京洛所見千葉大異 卽一奇品矣. 秋末冬初 竊擬擇其大根者送呈, 未知其時便値無腕晩矣.

제주 유배 시절 추사 선생은 평생의 지기였던 이재彛齋 권돈인權敦仁에게 보낸 편지에서 이렇게 제주의 수선화를 소개하고 있습니다. 선생은 뭍에서는 쉽게 볼 수도 없는 수선화를 제주 사람들이 푸대접하는 것이 못내 안타까웠던 모양입니다. 그래서 편지에서만이 아니라 시를 지어서까지 섭섭한 심사를 토로하고 있습니다.

푸른 바다 푸른 하늘 한결같이 웃는 얼굴	碧海靑天一解顏
신선의 맑은 풍모 아낌없이 도저해라	仙緣到底未終慳
호미 끝에 버려진 심상한 이 물건을	鋤頭棄擲尋常物
밝은 창 정갈한 책상 그 사이에 공양하네	供養窓明几淨間

오늘 아침 수선화가 조롱조롱 매단 꽃을 모두 피워 올렸습니다. 강 선생께서 나눠주신 것입니다. 돌아오는 길로 크고 작은 화분 두 개에 옮겨 심어 책상과 탁자 위에 올려놓았더니, 한 송이 두 송이 차례로 꽃을 피우다가 마침내 만개하였습니다. 제주 사람들은 수선화를 금잔옥대金盞玉臺라고 한답니다. 노란 화심, 비췻빛 잎과 대궁의 품새가 형용에 가깝습니다. 아객雅客이라는 별칭도 지니고 있습니다. 싱싱하고 끼끗한 자태에 맑은 향기까지 갖춘 이 귀한 손님으로 하여 겨울 한동안을 조촐하게 보낼 수 있겠습니다.

김정희
金正喜

1786~1856

조선 말기의 문신·학자·서화가. 자는 원춘元春, 호는 추사秋史·완당阮堂을 비롯하여 500가지 이상에 이른다. 청대 고증학자들이 주창한 서법 이론의 실질적인 완성자로 동아시아 서예사에서 독보적인 위상을 차지한다. 워낙 글씨로 유명하지만 그의 시 또한 높은 성취를 이룬 것으로 평가된다.

冬

눈 온 뒤
雪後

담지유
譚知柔

겨
울

○

열
넷

저녁 술에 지팡이 짚고 죽촌竹村을 지나자니
몇몇 집 울 밑이 잔설殘雪에 잠겼어라
찬바람이 안타까운 매화나무 꽃망울들
모랫벌엔 사람 없어 달님 홀로 길을 가네

晚醉扶節過竹村
數家殘雪擁籬根
風前有恨梅千點
沙上無人月一痕

◯ 왕휘지王徽之. 자유子猷는 그의 자字가 산음山陰에 살고 있을 때, 어느 날 밤 큰 눈이 내렸다. 잠에서 깬 그가 방문을 열고 술잔을 기울이며 바라보니 사방 천지가 하얗게 밝았다. 그 때문에 이리저리 배회하며 좌사左思의 초은시招隱詩를 읊조리던 그는 문득 벗 대규戴逵. 안도安道는 그의 자字가 그리웠다. 그때 대안도는 섬계剡溪에 살고 있었다. 즉 시 그는 밤을 도와 빠른 배를 타고 대안도를 찾아가 밤이 지나자 바야흐로 당도하게 되었다. 이윽고 문 앞에 다다랐을 때 그는 대안도를 만나지도 않은 채 돌연 발길을 돌렸다. 사람들이 그 까닭을 물었다. 왕휘지가 대답했다. "내 본디 감흥이 내켜 갔다가 감흥이 다해 돌아왔을 뿐이니, 하필 그를 만나야 맛이겠는가?"

王子猷居山陰 大雪夜. 眠覺 開室酌酒 四望皎然. 因起彷徨 詠左思招隱詩 忽憶戴安道. 時 戴在剡溪. 卽便夜乘 輕船就戴 經宿方至. 旣造門 不前便還. 人問其故. 王曰 "吾本乘興而行 興盡而返, 何必見安道耶?"

《고금사문유취古今事文類聚》전집前集 권4에서

담지유
譚知柔

?~?

중국 송대의 시인. 자는 승중勝中/勝仲. 1112년 진사에 급제, 벼슬은 비서소감秘書少監에 이르렀다. 시에 능하며 특히 절구에 빼어났다. 《화양거사집華陽居士集》이 전한다.

冬/

눈과 매화
雪梅

방악
方岳

매화 펴도 눈 없으면 정신이 빠진 셈
눈 내려도 시 없으면 속됨을 어이 하리
저녁 무렵 시를 얻고 눈조차 깊이 내려
시와 눈과 매화 있으니 흥건한 봄빛!

有梅無雪不精神
有雪無詩俗了人
薄暮詩成天又雪
與梅併作十分春
(〈梅花十絶〉中 第九首)

○ 종일 낮게 가라앉아 있던 하늘이 저녁 들면서 가루 같은 눈발을 뿌리기 시작하더니 이경二更 무렵에는 숨 고르기라도 하는 양 잠시 멈추었습니다. 옥양목 호청을 덮은 듯 땅과 지붕이 하얗습니다. 앵두나무, 벽오동, 백송, 단풍나무, 벚나무, 백일홍……, 온갖 나무 가지 가지마다 눈꽃이 곱게도 피어났습니다. 꽃망울을 가득 맺고 있던 매화 가지에도 꽃 대신 눈꽃이 피었습니다. 유난히 눈이 드물던 겨울이라 반가운 마음으로 마루 끝에 서서 한참을 건너다보았습니다. 바람조차 잠든 밤, 고요와 어둠에 섞여드는 눈과 눈꽃을 오래도록 바라보았습니다.

　　송림에 눈이 오니 가지마다 꽃이로다
　　한 가지 꺾어내어 임 계신 데 보내고저
　　임께서 보신 후에야 녹아진들 어떠리

　　정철鄭澈, 《송강가사松江歌辭》에서

방악
方岳

1199~1262

중국 남송의 시인. 자는 거산巨山, 호는 추애秋崖이다. 처음에는 강서시파의 시풍을 따랐으나 나중에는 양만리, 범성대의 영향을 받았다. 저서에 《추애집秋崖集》이 있다.

冬

매화
梅花

육유
陸游

들건대 매화는 새벽바람에 핀다지
겹겹 눈이 온 산에 가득함을 이기고서
어찌하면 이 몸을 천억 개로 나투어
그루 그루 매화를 마주할 수 있을까

聞道梅花坼曉風
雪堆遍滿四山中
何方可化身千億
一樹梅前一放翁

○ 눈이 깊어 겨울산이 장엄합니다. 대숲을 휘몰아가는 바람 소리에 한기가 돋습니다. 눈 덮인 기와지붕이 그리는 처마, 용마루, 귀마루의 선이 선명하고 부드러워 절은 한결 고요합니다. 새벽바람을 타고 들려오는 고라니 울음소리에 문득 온갖 새들과 작은 짐승들의 안부가 궁금해집니다. 겨울이 깊습니다.

나무들은 제가끔의 자세로 서서 묵묵히 겨울을 견디고 있습니다. 그 인고忍苦가 경건합니다. 나무들은 겨울에 자란다는, 적어도 겨울에 단단해짐은 틀림없다는 신영복 선생의 말씀이 떠오릅니다. 그런 나무들에 어서어서 매화가 피기를 기다리고 있는 자신을 견주어보다 공연히 열적어 합니다. 그래도 좋습니다. 감히 나무의 덕 닮기야 분수 밖의 일이니 어디서든 매화꽃 소식이 날아와주길, 봄처녀의 옷고름이 살랑 내비치길 기다려봅니다.

육유
陸游

1125~1210

중국 남송의 문인. 자는 무관務觀, 호는 방옹放翁. 많은 산문과 시를 남겼다. 간단하고 솔직한 표현, 사실주의적인 묘사로 당시 유행하던 강서시파의 고상하고 암시적인 시풍과는 다른 시를 써서 명성을 얻었다. 시를 통하여 뜨거운 애국심을 표현하여 애국시인으로 불린다. 주요 저서로 《검남시고劍南詩稿》가 있다.

길에서
路上有見

강세황
姜世晃

비단 버선 외씨 걸음 저만치서 사뿐사뿐
겹문으로 한번 들자 없었던 듯 묘연해라
오롯이 다정한 맘 잔설로 남았는가
낮은 담장 가으로 발자국만 점, 점, 점……

凌波羅襪去翩翩
一入重門便杳然
惟有多情殘雪在
屐痕留印短墻邊

○ 남쪽 바닷가에 사는 지인과 전화를 주고받았습니다. 그곳에는 이미 동백이 지기도 하고 매화가 피기도 한다더군요. 내륙에다 산이라서 그런지 여기는 아직 감감합니다. 작은 국토지만 차이가 적잖습니다.

부지런한, 제 앞에 주어진 삶을 열심히 사는 사람에게 겨울은 길 듯합니다. 아무리 춥지 않은 겨울이라 하더라도 첫새벽과 늦은 밤의 추위조차 없지는 않습니다. 꾀부리지 않는, 게으름 피울 수 없는 사람들은 첫새벽과 늦은 밤의 추위를 피해 갈 도리가 없습니다. 성실한 사람들은 그런 시각에 하루를 시작하고 그런 시각에 그 날을 마감하니까요. 그래서 근면한 분들에게 겨울은 길 수밖에 없습니다.

겨울이 춥지 않아 걱정이라기도 하고, 겨울이 춥지 않아 다행이라기도 했습니다. 걱정이기도 했고 다행이기도 했던 겨울이 이제 등을 돌리는가 봅니다. 당신의 겨울은 어떤 자태로 뒷모습을 감추는가요? 비단 버선 외씨 걸음으로 사뿐사뿐 가고 있나요? 그리하여 한번 봄의 문으로 들면 자취조차 묘연히 사라지고 마는 걸까요?

오는 봄도 좋지만 가는 겨울도 아쉽고 다정합니다. 추위를, 칼바람을, 꽁꽁 언 겨울 하늘을, 헐벗은 나무들로 가득한 겨울산을 나에게 주었으므로. 때문에 야트막한 담장가에 신발 자국 하나 남길 줄 아는 잔설이 아직은, 아직은 좋습니다. 봄 속에, 여름과 가을 안에 겨울이 아무런 흔적도 없이 녹아 있음을 나는 믿습니다.

강세황
姜世晃

1713~1791

조선 후기의 문인·화가·평론가. 자는 광지光之, 호는 첨재忝齋·산향재山響齋·의산자宜山子· 노죽露竹·표암豹菴·표옹豹翁이다. 진경산수를 발전시키고 서양화의 표현기법을 채용하는 등 다양한 회화 발전에 영향을 끼쳤다. 서화평에도 높은 안목을 보여주어 한국적인 남종 문인화풍의 정착에 기여하고 새로운 방향을 제시하였다.

冬

겨울 초당
重題

백거이
白居易

높은 해 넉넉한 잠 그래도 짐짓 부려보는 게으름
작은 집 겹쳐 덮은 이불 추위가 웬 아랑곳
유애사遺愛寺 종소리 베개 괴어 귀를 열고
향로봉香爐峯 쌓인 눈 발 젖혀 바라보네
광려산匡廬山 이곳은 이름 피해 살 만한 곳
사마司馬 벼슬 늘그막을 보내기에 족한 자리
마음 태평 몸 평안 여기가 내 살 곳
고향이 어찌 서울에만 있으리

日高睡足猶慵起
小閣重衾不怕寒
遺愛寺鐘敧枕聽
香爐峯雪撥簾看
匡廬便是逃名地
司馬仍爲送老官
心泰身寧是歸處
故鄉何獨在長安

○ 눈 쌓인 겨울산을 바라봅니다. 젖혀 올린 발 사이로는 아니지만 오며 가며 고개 들어 쳐다봅니다. 산은 침묵하고 있습니다. 움직이지도 않습니다. 그 위로 바람과 구름이 지나고 해가 비치고 달이 넘어가곤 합니다. 이런 변화에 상관없이 산은 부동의 자세로 겨울을 나고 있습니다. 그런 산을 올려다보면 눈이 맑아집니다. 간산청아목看山淸我目.

산은 거기 그냥 그렇게 서 있기에 산인 모양입니다. 존재 자체로 빛나는 산. 어쩌면 산은 아무 쓰임새 없음이 쓰임새인지도 모르겠습니다. 당무유용當無有用.

겨울산이 좋습니다. 겨울산을 바라보면 그 무거운 침묵이, 천년의 부동이 나에게도 조금쯤 전염될까요?

백거이
白居易

772~846

중국 당대의 시인. 자는 낙천樂天, 호는 향산거사香山居士. 이백·두보와 함께 당의 3대 시인으로 꼽히기도 하고, 원진과 더불어 '원백'이라고 병칭되기도 한다. 사회의 모순과 민중의 고통을 노래하는 사회시를 썼다. 평이함과 대중적 통속성이 특징이다. 문집으로는 《백씨장경집》이 있으며 3200수가 넘는 방대한 양의 시를 남겼다.

벗을 보내며
哭思庵

성혼
成渾

세상 너머 구름산 깊고 또 깊어
시냇가 초가집 찾기조차 어려워라
그대 집 위 하얗게 뜬 삼경의 저 달
틀림없이 그대 마음 비추고 있으리

世外雲山深復深
溪邊草屋已難尋
拜鵑窩上三更月
應照先生一片心

◯ 재상을 지낸 사암思庵 박순朴淳이 세상을 떠났을 때 그를 조문하는 만가輓歌가 수백 편이었으나 유독 우계牛溪 성혼成渾의 절구 한 수가 절창絶唱이었다. 그 시 "세상 너머 구름산 깊고 또 깊어 / 시냇가 초가집 찾기조차 어려워라 / 그대 집 위 하얗게 뜬 삼경의 저 달 / 틀림없이 그대 마음 비추고 있으리"는 무한히 비감하고 아픈 마음을 말로 드러내지 않았으나 서로 깊이 이해하지 않았다면 어찌 이렇게 지을 수 있으랴.

思庵相捐舍 挽歌殆數百篇. 獨成牛溪一絶爲絶唱. 其詩 世外雲山深復深 溪邊草屋 已難尋 拜鵑窩上三更月 應照先生一片心 無限感傷之意 不露言表, 非相知之深 則 焉有是作乎.

허균許筠, 《성수시화惺叟詩話》에서

우계 성혼이 사암 박순을 조문한 시는 이렇다. "세상 너머 구름산 깊고 또 깊어 / 시냇가 초가집 찾기조차 어려워라 / 그대 집 위 하얗게 뜬 삼경의 저 달 / 틀림없이 그대 마음 비추고 있으리"가히 사암을 제대로 조문하였다고 이를 수 있다. 배견와拜鵑窩는 사암이 거처하던 집 이름이다.

成牛溪渾 哭思庵詩曰 世外雲山深復深 溪邊草屋已難深 拜鵑窩上三更月 曾照先生 一片心. 可謂善哭思庵矣. 拜鵑窩 卽思庵窩名也.

신흠申欽, 《청창연담晴窓軟談》에서

벗 하나가 먼 길을 떠났습니다. 잠시 쉬고 오마며 비행기에 오른 친구는 남반구의 아득한 타국에서 영원한 안식에 들어 한 줌 재로 사랑하는 사람들 곁으로 돌아왔습니다. 며칠 전, 그 친구를 영결하는 자리가 경기도 포천의 한 절에서 있었습니다.

미안합니다. 고맙습니다. 그리고 사랑합니다.
딸의 별사別詞는 그렇게 끝났다. 이승과 저승 사이
사실은 귀가 없는 벽이겠지만,
남은 자의 목소리를
슬픔의 힘으로 떠밀어 넣는다. 그 무너질 듯 아픈 저음低音에
우선 운악산이 주저앉아
괴로운 머리를 털 듯 진눈개비를 뿌린다.

반쪽이가 정말로 반쪽이가 되어
퀭한 눈에 글썽한 감정을 매달고 있는
도성사 명부전 앞 풍경은
화면이 지직거려 그저 옛날 영화 한 편이다.

그것이 꿈이라면 그 소문들이 농담이라면
그는 높고 쉰 목소리로 저쯤에서 달려 나와야 하리라.
솔잎 끝에 달린 물방울같이
좋은 기억들이 굵어지며 눈시울을 간질일 때
생生이란 저렇듯 툭 떨어지는 한 방울
뉘우침 같은 것이다. 제동이 걸리지 않은 추억들이
멈춰서야 할 자리에서 벽을 치지만
배웅은 이쯤에서 멈춰야 하는 걸
알고 있다.

그저 혼자 걸어가는 등을 바라보며 울 때
굵어진 송이눈, 이마를 때린다.

눈물 콧물 말아 먹는 공양은 더욱 달콤하고
사람 하나가 새나가버린 허기도 잊는다.
천천히 절 마당을 도는 순간
어이없던 일들이 다 이해된 듯
우린 담담해진다. 그대,
가벼운 안녕처럼 손을 흔들며,
죽어서 돌아가는 길과 살아서 돌아가는 길의
안녕을 나눈다.

그러고 보니 납골당 주차장에 세워진 자동차들이
그대로 이승의 마음들이다. 귀가를 기다리는,
살아남은 자들의 스케줄.
동승하지 못하는 사람을 남겨두고
함께 여행 가자던 약속을 남겨두고
부웅, 우린 새로운 바퀴 자국을 내며
살아 있는 길로 그만
돌아온다.

어느 분은 이렇게 그 친구를 떠나보냈습니다. 또 한 분이 건넨
작별의 말은 이렇습니다.

오랫동안 어른의 학교에 글을 올릴 일이 없을 거라고 생각했었는데 결국 저를 이렇게 불러내십니다. 부음을 듣고 내내 마음 안에서 떠돌던 말들이 목까지 차오른, 지금이 아니면 전하지 못할 것 같은 말을 편지로 씁니다.

멀게 느껴지는 선생님은 지우고 선배님, 아니 선배라 부릅니다. 이별식장에서 어떤 분은 선배를 반가움과 길조의 상징인 까치라 부르시더군요. 처음 뵈었을 때부터 '나는 다감한 사람이야'라고 말하고 있는 것처럼 보이던 선배는 목련과 흡사한 상이었어요.

최현주, 박은아, 박종순 샘이 얼마나 좋은 분인지, 좋은 친구가 될 거라던 말씀은 첫 수업 때부터 씩씩한 척 하지만 사실은 낯가림이 심한 절 알아보시고 하신 말씀인 거지요. 늘 외로 꼰 듯한 저의 고개를 바로 세우게 된 것도 생각해보면 선배의 친절 때문이었습니다. 누구에게나 다감한 사람이 아닌 이기적인 제게 그런 선배의 모습은 어느 사이 어른의 학교를 가고 싶어지게 하는 이유 중 하나가 되었습니다.

지난 연말에 당한 사고 때문에 한 달 동안이나 있어야 했던 병상 생활 중에도 선배는 자꾸 떠오르던 얼굴이었습니다. 선배는 그런 사람이었던 거죠. 삭막한 일상 중 말랑하고 따뜻한 부분 그래서 누구든 맥없이 무장해제하고 그 따뜻한 것에 이끌리게 되는 그런 사람요. 다시 보게 되면 더 가까이 다가서리라 생각하고 있었는데 홀연 우리 곁을 떠나버린 선배에게 유감스럽게도 이제는 친절한 선배라곤

冬/

못 부르겠어요. ㅠㅠ

아름다운 별리식別離式이었습니다. 선배가 소중히 하셨던 분신들.
가족들. 모두가 선배를 닮아 있었어요. 복받치는 슬픔을 참고 선배
를 잘 보내려는, 전체를 보고 의식을 관장하는 교수님, 성은 양과 장
남 모습에, 망자를 보낸 슬픔보다는 참석하신 분들을 배려하는 모습
에 깊은 감동을 받았습니다. 명예도 부도 아닌 단지 선배의 향기로
맺어졌던 세상의 인연들이 모여 선배와의 따뜻했던 일화를 소개하
던 시간, 그 기억의 모자이크가 이윽고는 한 사람의 지난 삶을 훌륭
히 형상화해냈던 자리였습니다.

온화한 대지에 내리던 함박눈은 양윤애 선생님의 말씀처럼 선배의
축복으로 내리는 선물인 양 느껴졌습니다. 보셨는지요. 식장을 나서
는 이들의 얼굴이 그 눈 내리는 풍경보다 더 진솔한 풍경이었던 것
을요. 선배의 향기에 취한 듯 맑은 얼굴들. 천명례라는 한 사람이 이
땅에 와서 어떻게 살았는지를 어떤 화려한 수사의 설명 없이도 모
두들 더 잘 알게 된 날이었습니다.

좋았던 선배.
당장에 어른의 학교가 쓸쓸하겠지만 늘 우리와 함께하시리라 여기
겠습니다. 서은, 저기 어쩌구 하며 불쑥 말을 건넬 것만 같은 선배의
모습이 내내 눈에 밟히겠지만 그 그리움을 힘으로 삼아 어른의 학
교는 더 따뜻해질 것 같은 예감입니다. 없던 용기가 필요한 일이기
에 하루아침에 되지는 않겠지만 종지 그릇 같은 저도 선배 생각하

면서 먼저 손 내밀어 보렵니다.

곧 새봄이 되겠지요.
스님 계신 마당에 여느 해처럼 목련이 필 것이구요.
꽃이 피면 선배를 보듯 어여삐 보겠습니다.
목련꽃 함께 즐기던 지난해 봄을 기억하면서요.

명례 선배
계신 곳에서 내내 행복하시길 기원하고 또 기원합니다.

보름을 넘긴 새벽달이 막막한 밤하늘을 헤쳐가고 있습니다. 오늘의 밤하늘은 왜 저리도 넓고 막막해 보이는지 모르겠습니다. 때 이른 그래서 안타까운 친구의 돌아올 길 없는 여행에 아무런 마음의 준비도 작별의 말도 미처 챙겨두지 못한 저는 그저 하늘의 저 달을 친구도 어디쯤에선가 바라다보리라 믿을 따름입니다.

성혼
成渾

1535~1598

조선 중기의 문신·학자. 자는 호원浩原, 호는 우계牛溪·묵암默庵, 시호는 문간文簡이다. 해동십팔현海東十八賢의 한 사람으로 이황과 이이의 학문을 종합해 절충파의 비조鼻祖가 되었다. 문집 《우계집牛溪集》과 저서 《주문지결朱門旨訣》, 《위학지방爲學之方》 등이 있다.

눈 온 뒤
雪後

유방선
柳方善

외진 마을 섣달 눈이 녹지도 않았거니
뉘라서 사립문 반갑게 두드리나?
밤사이 맑은 향기 홀연히 진동하니
매화꽃 몇 가지 그 내음을 보냈으리

臘雪孤村積未消
柴門誰肯爲相敲
夜來忽有淸香動
知放梅花第幾梢

○ 봄을 기다리시는가요? 당신의 봄은 어디쯤 오고 있습니까? 머언 산을 넘고 있나요, 저만큼 시내를 건너는 중인가요, 아니면 옛 시구마따나 이미 넘치도록 당신의 뜰에 가득한가요?

가만히 생각해보면 봄은 바로 기다림 속에 있지 않던가요? 해마다 되풀이하면서 성급하게 꽃 소식을 전하는 신문기사가 믿지 않습니다. 겨울 동안 '째앵'하게 얼어 있다 맥없이 슬슬 풀리며 아련하고 나른하게 내려앉는 하늘을 저도 모르게 자꾸 우러르게 됩니다. 어느 구석엔가 숨어 있던 떠남의 충동이 아랫배가 근질거릴 만큼 스멀스멀 부풀어 오르기도 합니다. 무얼 잃어버린 것도 아니건만 가볍게 허리 숙여 뒷짐을 진 채 양지바른 담장가를 자주 살피게 됩니다. 높게 울리던 호드기의 새된 소리, 게 껍질처럼 속이 비어가는 얼음장 밑을 흐르는 명랑한 물소리를 환청으로 듣게도 됩니다. 이 모두 기다림의 '증후군'이 아니던가요?

이맘때의 기다림이 좋습니다. 그래서 옛사람들이 그토록 매화에 뜻을 둔 까닭도 이 기다림의 언저리라고 공연히 우겨봅니다.

그대 고향에서 왔다니	君自故鄕來
아마도 고향 일을 알겠지	應知故鄕事
오던 날 임의 창가에	來日綺窓前
한매寒梅는 꽃을 아니 피우셨던가?	寒梅着花未

왕유, 〈잡시雜詩〉

유방선
柳方善

1388~1443

조선 초의 문인. 자는 자계子繼, 호는 태재泰齋. 학문에 정통하고 시문에 능했으며 산수화도 잘 그렸다. 세종이 각별히 아꼈으나 병에 걸려 뜻을 펴지 못하고 죽었다. 시는 음풍농월을 배제하고 성리학에 기반을 둔 천지, 만물, 인간사의 이치를 담아내는 데 치중하여 충담고고沖澹高古하다는 평가를 받는다. 저서로 《태재집泰齋集》이 전한다.

冬

손
글
씨
—
모
음

봄 / 春

麥田
稻萬里

無邊綠錦織雲機
全幅青羅作地衣
此是農家真富貴
雲花銷盡麥苗肥

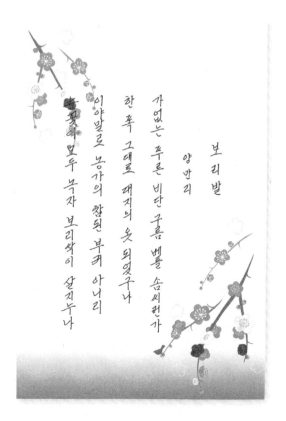

보리밭
양만리

가없는 푸른 비단 구름 베틀 솜씨런가
한 폭 그대로 대지의 옷 되었구나
이야말로 농가의 참된 부귀 아니리
雪花 모두 녹자 보리싹이 살지누나

春夜喜雨
杜甫

好雨知時節
當春乃發生
隨風潛入夜
潤物細無聲
野徑雲俱黑
江船火獨明
曉看紅濕處
花重錦官城

봄밤의 단비
두보

고마운 비 시절을 아시는가
봄되니 때맞춰 내려주시네
바람 따라 가만히 밤에 찾아와
가늘어 소리 없이 만물에 스미누나
들길 덮은 구름 하냥 어두워
조각배 등불만이 저 홀로 밝더니
새벽녘 붉은 비에 젖은 곳 보라!
금관성에 겹겹이 꽃이 피누나

城西訪友人別墅

雍陶

澧水橋西小路斜

日高猶未到君家

村園門巷多相似

處處春風枳殼花

친구 집 가는 길에

용도

澧水橋 다리 서쪽 비스듬히 작은 길

해 높도록 그대 집에 닿지 못함은

시골 마을 골목이 온통 흡사하여 서로 닮아

온 천지에 봄바람 탱자꽃 하얗게 벙그러 일쎄!

山中雜詩

吳均

山際見來煙
竹中窺落日
鳥向簷上飛
雲從窓裏出

산 중

오균

산 가으로 흩어지는 연기를 좇고

대숲 새로 떨어지는 낙조를 줍네

새들은 처마 위로 날아오르고

구름은 창 아래서 피어오를지

春望　白光勳

日日軒窓似有期
開簾時早下簾遲
春光正在峯頭寺
花外歸僧自不知

봄빛　백광훈

무슨 언약 있길래 날마다 창가에서
이른 아침 발 걷고 저녁 늦게 발 내리나
봄빛 한창 봉우리 위 절에서 빛나련만
꽃 저편 멀어지는 스님, 모르리 모르시리

山行即事
　金時習

兒捕蜻蜓翁補籬
小溪春水浴鸕鷀
青山斷處歸程遠
橫擔烏藤一箇枝

산길에서
　김시습

손주는 잠자리 잡고 노친네 울 고치고
작은 시내 봄 냇물에 해오라비 멱을 감고……
푸른 산 끝나는 곳 갈 길은 아득한데
藤 지팡이 비껴 메고 길 가는 나그네여

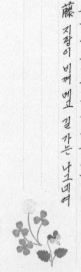

訪胡隱君
高啓

渡水復渡水
看花還看花
春風江上路
不覺到君家

벗에게 가는 길

고 계

물 건너고 또 물 건너
꽃 보고 다시 꽃 보며
봄바람 이는 강언덕 길 따라
볼관 결에 그대 집에 닿아버렸네

空山春雨圖

戴熙

空山足春雨
緋桃間丹杏
花發不逢人
自照溪中影

빈 산에 봄비 내려

대 희

빈 산에 봄비 넉넉하더니
사이사이 울긋불긋 복사꽃 살구꽃
꽃은 피었건만 보는 이 하나 없어
물에 비친 제 그림자 저 혼자 들여다보네

紫陌春雨

朴景夏

東風紫陌來

興興春雲聚

醉臥酒爐邊

衣沾杏花雨

서울의 봄비

박경하

서울의 거리에 봄바람 일자

봄날의 구름처럼 준흥春興이 흥건하네

술화로 곁에 두고 취하여 쓰러지면

살구꽃 꽃비에 옷자락이 다 젖는다

일찍 일어나

이상은

바람이 이슬 흔드는 담담히 맑은 새벽

발 너머 홀로 일어나는 사람이여

피꼬리 지저귀고 꽃은 웃는데

필경 이 봄은 누구의 봄이런가?

早起
李商隱

風露澹澹淸晨
簾間獨起又人
鶯花啼笑
畢竟是誰春

春望詞
薛濤

風花日將老
佳期猶渺渺
不結同心人
空結同心草

동심초

꽃잎은 하염없이 바람에 지고
만날 날은 아득타 기약이 없네
무어라, 맘과 맘은 맺지 못하고
한갓되이 풀잎만 맺으랴느고

안서岸曙書 김억 글씨

睡起
守初

日斜簷影落溪濱
捲簾微風自掃塵
窓外落花人寂寂
夢回林鳥一春聲

잠 깨어
수초

해 기울어 처마 그림매 시냇물에 발 담그고
발 걷으니 실바람은 저 홀로 먼지를 쓰네
창 밖에는 꽃 지는데 사람 자취 적적하여
낮꿈 깨자 산새 울음 마디마디 봄의 소리

田園樂

王維

桃紅復含宿雨
柳綠更帶朝煙
花落家童未掃
鶯啼山客猶眠

전원의 즐거움

왕 유

연분홍 복사꽃잎 간밤 비를 머금었고
버들은 더 푸르게 아침 연기 두른 듯
지는 꽃잎 아이는 쓸 줄 모르고
꾀꼬리 고운 소리에 산사람은 아직도 꿈결

題崔逸人山亭

錢起

藥徑深紅蘚
山窓滿翠微
羨君花下醉
蝴蝶夢中飛

꽃 아래서

전기

붉게 물든 이끼에 작약 꽃길 찾겠 잠고
산창에는 푸르른 산기운이 가득하이
부러우이, 꽃 아래서 취한 그대가
꿈속에선 나비 되어 훨훨 날고 있으리니

石竹花
鄭襲明

世愛牧丹紅
栽培滿院中
誰知荒草野
亦有好花叢
色透村塘月
香傳墟樹風
地偏公子少
嬌態屬田翁

패랭이꽃
정습명

세상 사람 너도 나도 붉은 모란 좋아하여
덩달아 뜰 가득 모란만을 가꾸나니
뉘 알리, 거친 들 우거진 서 들판에도
아름다운 꽃떨기 무리지어 있음을
그 빛깔 마을 못의 달빛을 꿰고
바람에 실린 향기 나무 언덕에 불어오나
시골이라 외지다고 찾는 이 없어
아리따운 그 맵시 늙은 농부 몫일 뿐.

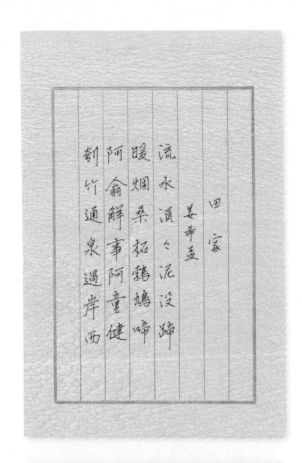

田家　姜希孟

流水潺潺泥沒歸
暖烟桑柘鵓鳩啼
阿翁解事阿童健
斮竹通泉過岸西

농가　강희맹

흐르는 물 졸졸졸 진흙에 발 빠지고
아지랑이 뽕나무에 비둘기 구구우구
할애비 일을 알고 손주놈 든든하여
대롱통에 물을 대어 언덕 서편 넘겨가네

花雨
休靜

白雲前後嶺
明月東西溪
僧坐落花雨
客眠山鳥啼

꽃비
휴정

앞산 뒷산 흰 구름
동서 시내 밝은 달
스님은 좌선하고 꽃비는 지고
나그네는 잠들고 산새는 울고

晚春

張公庠

一春無事又成空
捫鼻微吟半醉中
夾道桃花新過雨
馬蹄芳處避殘紅

늦봄

장공상

또 봄 하나 일없이 헛으로 흘러갈 때

반쯤 취해 콧소리로 읊조리며 섞이는데

길 양쪽 부상꽃 젖 처해 비 지나

꽃잎 흩어져 말발굽 그칠 곳이 없구나

春怨

王安石

掃地待落花
惜花輕著塵
遊人少春戀
踏花却尋春

봄 시름

왕안석

마당 쓸고 꽃 지길 기다리느니
아까와라, 꽃잎 위에 먼지라도 앉을세라
놀이꾼들 봄날을 사랑할 줄 모르지
꽃 밟으며 도리어 봄 찾는다 하는 걸

花徑
　李荇

無數幽花隨分開
登山小逕故盤迴
殘香莫向東風掃
倘有閑人載酒來

꽃 길
　이 행

그윽한 꽃 수도 없이 제 빛깔로 피어난
오솔길 굽이지며 산을 따라 오르네
봄바람아 남은 향기 쓸어가지 말아라
멋스런 분 잇다면 술을 싣고 오리니

示友人
林億齡

古寺門前又送春
殘花隨雨點衣頻
歸來滿袖清香在
無數山蜂遠趁人

벗에게

임억령

옛절 문에 기대 봄을 다시 보내보니
비를 좇아 지는 꽃 옷 위에 점을 찍네
돌아올 때 소매 가득 푸른 향기 남아서
나불나불 산꿀벌 멀리까지 따라오네

落花古調賦
白居易

留春春々不住
春歸人寂寞
厭風々々不定
風起花蕭索

낙화
백거이

만류해도 기어이 가버리시니
봄 여의자 사람마저 쓸쓸하여라
싫다겁만 바람은 그칠 줄 몰라
바람 일자 꽃소람자 수절없구나

子規

李中

暮春滴血一聲々
潛花年々不忍聽
帶月莫啼江畔樹
酒醒遊子在離亭

소쩍새

이종

늦봄에는 울음 울음 핏방울이 되어서
해마다 꽃잎 무렵 차마 듣지 못하겠네
달 보며 강가에선 부디 울지 마시게
술 깬 길손 헤어지는 정자 위에 있느니

醉眠
唐庚

山靜似太古
日長如小年
餘花猶可醉
好鳥不妨眠
世味門常掩
時光簟已便
夢中頻得句
拈筆又忘筌

봄 잠

당경

산은 태고인 양 고요하고
해는 어린 시절처럼 길기도 하지
남은 꽃도 오히려 취할 만하고
새소리 낮잠을 방해할 리 없어라
제상 일에 어두워 문은 항상 닫혀 있어
세월은 어느덧 돗자리가 편한 계절
꿈결에 종종 좋은 시구詩句 떠오르나
붓 들면 그대로 잊어버리네

여름 / 夏

晚自白雲溪後至西岡少臥松陰下作

李書九

讀書松根下
卷中松子落
支筇欲歸去
半嶺雲氣白

소나무 아래서

이서구

소나무 등치 아래 글 읽노라니
책갈피에 떨어지는 솔방울 하나
지팡이 앞세우고 돌아가는 길에는
고갯마루 절반이 눈인 듯 하얀 구름

客至
杜甫

舍南舍北皆春水
但見群鷗日々來
花徑不曾緣客掃
蓬門今始爲君開
盤飧市遠無兼味
樽酒家貧只舊醅
肯與鄰翁相對飲
隔籬呼取盡餘杯

손 님
두보

집 가까이 남북 곳곳 봄 강물로 가득하여
보이느니 날마다 떼돌 일울 갈매기뿐
꽃길조차 손님을 들어본 일 없었더니
사립문 오늘처름 그대 위해 열었다오
안주는 저자 멀어 몇 가지 되지 않고
술옹이엔 가난하여 묵은 막걸리뿐이오만
앞집 영감 함께해도 괜념지 않는다면
울 너머로 불러 오셔 남은 잔을 비웁시다

喜晴
　　　范成大

窗間梅熟落蒂
牆下筍成出林
連雨不知春去
一晴方覺夏深

맑은 날
　범성대

창가에 매실 익어 꼭지채 떨어지고
담장 아래 죽순 돋아 키 숲을 넘보누나
잇단 비에 봄 가는 줄 몰랐더니
날 개이자 바야흐로 시절은 여름!

閒居　吉再

臨溪茅屋獨閒居
月白風淸興有餘
外客不來山鳥語
移床竹塢臥看書

대 언덕에 책상 놓고

길 재

시냇가 띠집에서 한가히 지내나니
달 밝고 바람 맑아 흥취가 겨웁고녀
손님조차 오지 않고 산새는 지저귀니
대 언덕에 책상 놓고 누워서 책을 보네

蘇幕遮
周邦彦

燎沈香 消溽暑
鳥雀呼晴 侵曉窺簷語
葉上初陽乾宿雨
水面清圓 一一風荷舉
故鄉遙 何日去
家住吳門 久作長安旅
五月漁郎相憶否
小楫輕舟 夢入芙蓉浦

꿈결에 부용포로
주 방언

짚향목 살르니
끼는 더위 가시오
참새는 날 개였다
처마를 기웃대며 재벽부터 재갈재갈
나뭇잎 위 아침 햇살 간밤 비를 말리고
맑고 둥근 수면에는
연꽃 송이, 송이 바람에 고갤 들다

아득한 내 고향
갈 날은 언제?
우리 집 저 남쪽 운문吳門에 두고
오래도록 장안의 뜨내기 신세
오월에는 어부들로 고향 생각 얼힌가!
가벼운 배 잡은 노 저어
연꽃 핀 포구로 꿈결에 드네

夏意　蘇舜欽

別院深深夏簟清
石榴開遍透簾明
松陰滿地日當午
夢覺流鶯時一聲

여름날

소순흠

별원別院 깊어 대자리 시원코 하이

스리우 발 너머로는 환한 석류꽃

솔 그람자 가랑 가득 바야흐로 한낮인데

낮잠결에 아스라한 꾀꼬리 소리

山雨
　翁卷

一夜滿林星月白
亦無雲氣亦無雷
平明忽見溪流急
知是他山潛雨來

산비
　옹권

온밤 내내 달과 별이 환하게 부서지고
구름 기운 우레 소리 기미조차 없었건만
날 밝아 개곡 물살 세찬 걸 보니
알겠어라, 산 속에선 큰 비가 내렸음을

六月二十七日望湖樓醉書

蘇軾

黑雲翻墨未遮山

白雨跳珠亂入船

卷地風來忽吹散

望湖樓下水如天、

소나기

소식

검은 구름 먹빛 되어 산도 채 가리기 전

소나기 구슬로 튀어 뱃전으로 난입하니

땅을 말듯 바람 불어 단숨에 흩어버리자

망호루望湖樓 누각 아래 물빛 발로 하늘빛!

雨中詠葵花 金安國

松枝籬下小葵花
意切傾陽奈雨何
我自愛君來冒雨
不知姚魏日遒多

빗속의 해바라기
김안국

숲가지 울밑에
가냘픈 해바라기

해바라기는 가냘픈 맘
비 내리니 어쩌랴!

내 너를 사랑하여
비 견디며 왔나니

햇빛 속에 모란이야
정녕 알 바 없어라

蓼花白鷺
李奎報

前灘富魚蝦
有意劈波入
見人忽驚起
蓼岸還飛集
翹頸待人歸
細雨毛衣濕
心猶在食魚
人道忘機立

여뀌꽃과 백로
이규보

앞 여울에 물고기 맛보기도 하여
생각 있어 물결 헤치며 들어섰다가
사람 보자 깜짝 놀라 날아올라서
여뀌꽃 언덕에 모여 앉는다.
목을 빼 제 사람 가길 기다리나
가랑비에 하얀 털이 죽 젖도록
마음은 여전히 물고기에 있건만
사람들은, 말하지, 세상 잊고 서 있다고.

池上篇
白居易

十畝之宅　五畝之園
有水一池　有竹千竿
勿謂土狹　勿謂地偏
足以容膝　足以息肩
有堂有亭　有橋有船
有書有酒　有歌有絃
有叟在中　白髮飄然
識分知足　外無求焉
如鳥擇木　姑務巢安
如龜居坎　不知海寬
靈鶴怪石　紫菱白蓮
皆吾所好　盡在吾前
時引一盃　或吟一篇
妻孥熙熙　雞犬閒閒
優哉遊哉　吾將終老乎其間

못가에서
백거이

열 경의 집 다섯 이랑 헛밭
못에는 물 외물에 대
뒤 좋다고 말하지 말고 외지다 일지 마소
무릎을 펼 만하고 어깨를 쉴 만하이
집 있고 정자 있고, 다리 있고 배 있으며
책 있고 술 있고, 노래 있고 거문고 있네
그 가운데 한 늙은이 백발로 표연해라
분수 알고 족한 알아 밖으로 구한 없네
새가 나무 가려 보금자리 가꾸듯
거북이 굴에 살며 너른 바다 안 아랑곳
신선한 학, 괴이한 돌, 붉은빛 마름꽃 하이얀 연꽃 송이
내 좋아하는 모든 것 배 앞없이 앞에 있어
때때로 잔을 들고 이따금 시를 읊네
처자식 화락하고 닭과 개도 한가하니
여유롭고 넉넉해라, 내 장차 이 산에서 늙음을 마감하리

葛驛雜詠
金昌翁

風中雨脚打窓深
臥聽簷鈴尚攬衾
認得群鷄下塒早
滿階螺蚓產蒸陰

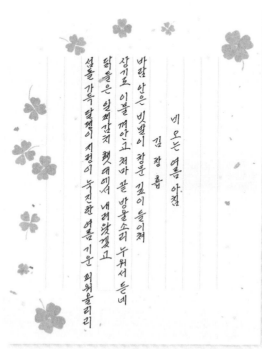

비 오는 여름 아침
김 창 흡

바람 안은 빗발이 창문 깊이 들이쳐
상기도 이불 껴안고 처마 끝 방울소리 누워서 듣네
닭들은 일찍감치 횃대에서 내려앉겠고
섬돌 가득 달팽이 지렁이 누진환 여름 기운 뒤위올리리

聽嘉陵江水聲寄深上人

韋應物

水聲自云靜
石中本無聲
如何兩相激
雷轉空山驚

강물 소리 듣다가

위응물

물의 본성 고요하고
돌도 본디 소리 없건만
어쩌하여 둘이 서로 맞부딪치면
빈 산이 놀라도록 우레 소리 구르는가?

法隆寺 玉虫厨子 (須彌座背面)

憫農
　李紳

鋤禾日當午
汗滴禾下土
誰知盤中飱
粒粒皆辛苦

　농부
　이신

김매는 한낮
땀방울 포기 아래 흙을 적시게
뉘 알랴、상에 오른 이밥 한 그릇
알알이 농부의 땀방울임을

催願患遺室実機蝙坐臥鎮習瞳瞳今昔　苦
促以木全有無螻螬待忠書靜々々觀聞　遜熱
九三寧自臨河窓戸高請頻詞日風沙草何
秋伏無不淄朔間中星露几衣漸逾石木
換辰軒拾许斂亂飛燦液案襟旰靜爛焦

무더위
라손

초목로 불타다고 여전에 들었는데
이제 보니 들모래조차 문드러지네
어득어득 흐린 날엔 바람 한점 일지를 않고
샘행 같을 때는 하루해가 길기만 해라
고오희 앉았자니 걸친 옷도 갑갑하고
글 읽자니 책장조차 넌거롭기 짝이 없어
누웅캐 맑은 이슬 내리기를 생각하고
앉아서는 높이 뜬 별 반짝일 기다리네
박위를 마당 위를 날아다니고
하루살이 강문에서 어지럽울 때
더위 식힐 술자리는 있지를 않고
허화없이 물 흐르듯 알만 흐르네
떨어진 그금엇으로 좀지 않거니
곱을 나무라면 그늘인들 어찌 빌리랴
부디 삼복 더위 모두 가셔가
재족하여 가을바람 바꿔오길 바랄뿐.

蘇秀道中自七月二十五日夜大雨三日秋苗以蘇喜而有作

曾幾

一夕驕陽轉作霖
夢回涼冷潤衣襟
不愁屋漏床床濕
且喜溪流岸岸深
千里稻花應秀色
五更桐葉最佳音
無田似我猶欣舞
何況田家望歲心

들판을 바라보며

증 기

하루 저녁 사납던 태양 장대비로 바뀌어서
서늘하여 꿈을 깨니 옷자락이 젖는구나
지붕 새어 젖는 바닥 시름할 일 바이 없고
물언덕 가득 흐르는 냇물 기쁨이 넘실넘실
천리에 아득히 벼꽃은 빼어나라
오경五更에 오동잎 소리 저리도 어여쁠걸
밭 한 조각 없는 내가 좋을듯 이리 좋은데
하물며 풍년 바라는 농부들 마음이랴!

蟬　虞世南

垂緌飲清露
流響出疏桐
居高聲自遠
非是藉秋風

매미
　　　우세남

갓 깬 듯한 주둥일 맑은 이슬 마시니
성긴 오동 숲 너머로 흐르는 울음소리
높은 곳에 살기에 소리절로 멀리 갈 뿐
그것이 어찌 가을바람 덕분이랴!

夜坐

　　吳慶

草屋蕭蕭夜色遲
支頤獨坐捲簾時
無端一雨隨風過
葉底殘螢濕不飛

밤에 앉아

　　오경

쓸쓸한 초가집 밤은 더디어서
발 걷고 홀로 앉아 혀를 고일 때
바람 따라 한 줄기 비 무단히 지나간 뒤
날개 젖어 날지 못하는 풀 지난 반딧불이!

가을 / 秋

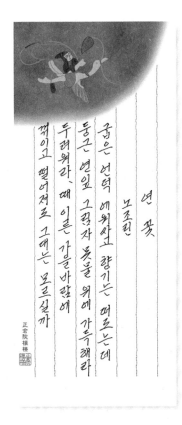

연 꽃

노조린

굽은 언덕 에워싸고 향기는 떠도는데

둥근 연잎 그림자 못물 위에 가득해라

두려워라、때 일른 가을바람에

꺾이고 떨어져도 그대는 모르실까

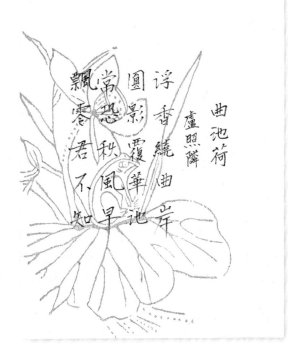

曲池荷

盧照鄰

浮香繞曲岸

圓影覆華池

常恐秋風早

飄零君不知

道中
陳子龍

屈指淮上書
故人應已覯
那知百種愁
都在緘書後

편지
진자룡

편지를 보낸 날 손꼽아 보니
임 이미 그 글월 보셨으련만
아실까, 전하고픈 온갖 생각을
부친 뒤 재록재록 떠오르는 걸

初秋夜坐

趙雍

月明如水侵夜襪
臺榭沈沈秋夜長
坐久高僧禪語罷
澹然相對玉簪香

조가을밤

조 옹

밝은 달빛 물저럼 스며 옷을 적실 때

침침한 정자의 가을밤은 길어라

염불소리 그치도록 은해오래 앉아서

고요히, 오 달달히 옥잠 향기 마주하네

釣魚
戌聯壽

把竿終日趁江邊
垂足論浪困心眠　太
夢興白鷗飛萬里
覺來身在夕陽天　十

낚시

　성담수

낚싯대 들고 온종일 강가를 거닐다가
맑은 물에 발 담그고 고기한 줄 들었더니
꿈속에서 갈매기와 만 리 하늘 날았건만
깨어 보니 몸은 그대로 석양 속에 있구나

秋江待渡圖

錢選

山色空濛翠欲流
長江清澈一天秋
茅茨落日寒煙外
久立行人待渡舟

가을 나루터

전 선

아련한 산 빛깔 흐르는 듯 비취빛
사루러게 맑은 강물 온 하늘에 가을 가득
차운 안개져 멀리 석양 쪽 띠집 한채
오래오래 나룻배 기다리는 길손이여!

가을바람
유우석

어디에서 가을바람 오는가?
소슬히 기러기떼 배웅하는 곳
아침이면 뜨락의 나무에도 몰려와
외로운 나그네가 맨 먼저 듣지

秋風引
劉禹錫

何處秋風至
蕭蕭送雁群
朝來入庭樹
孤客最先聞

一　月雨地隔
二　人千里明
願　隨此月影
夜　공照君측

秋夜月
三宜堂金氏

달 밤

삼의당 김씨

달은 하나 두 곳을 비춰주건만

두 사람 천리를 떨어져 있네

청산에 바라건대 이 달빛 따라

밤마다 그대 곁을 비추었으면……

月夜於池上作
李建昌
月好不能宿
出門踏小塘
荷花寂已盡
惟我能聞香
風吹荷葉翔
水底一星出
我欲手探之
綠波寒浸骨

달이 있는 연못
이 건 창

달빛 좋아 잠 못 이뤄
문 밀치고 작으만 연못에 서다
연꽃은 고요히 모두 졌지만
나만이 그 향기 가슴에 맡다
바람 불어 연잎 살짝 몸을 뒤채자
물 아래 별 하나 문득 솟아나다
살며시 손 넣어 건지려 하니
파란 물결 시리도록 뼈에 스미다

秋風

笋齋連竹逕
秋日艷晴暉
果熟擎枝重
瓜寒着蔓稀
遊蜂飛不定
閑鴨睡相依
頗識身心靜
棲遲願不違

　　　徐居正

가을바람

　　서거정

대숲길로 이어진 뜨락 서재에
가을날의 투명한 햇빛이 곱다
과일 익을수록 달린 가지 힘겨워라
오이 차울수록 매단 덩굴 드물구나
들락날락 끝없는 쉴 재 없이 날으고
한가로운 오리떼 서로 기대 조으네
몸과 마음 고요함 조금은 알 듯 하여
물러나 살고픈 맘 어긋나지 않았으니

秋到　方回

籬憑徐謝炊爂貪秋
落誰添誡白黃無到
菊理夜家早新異山
苗荒氣人秈栗味居
長穢涼病香香嘗僻

가을이 내리다

방희

외진 산골에도 가을은 내려

가난하여 달리 맛볼 건 없지만

아람 번 햇밤이 입안에서 사근대고

오려로 밥 지으면 퍼지는 향기!

아내의 병 조금씩 나아지지만

밤 공기는 날날이 서늘해지니

무청밭 뉘와 함께 손봐야 할꼬?

울 밑 국화 순은 저리도 번지는데……

秋夜三五七言
鄭允瑞

風乍起
月初陰
樹頭梧葉響
階下草蟲吟
何處高樓吹短笛
誰家急杵持秋砧

가을밤
정윤단

언듯, 바람이 일어
살풋, 달빛에 그늘

가지 끝에는 오동잎 소리
섬돌 아래는 풀벌레 울음

뉘라서 높은 다락 피리를 부는가
어느 집 다듬이소리 저리 급한가

過故人莊

孟浩然

故人具雞黍
邀我至田家
綠水村邊合
青山郭外斜
開筵面場圃
把酒話桑麻
待到重陽日
還來就菊花

친구의 시골집

맹 호 연

친구는 기장밥에 닭을 잡아 놓고서

나를 맞아 시골집에 함께 당겼네

쪽빛 물결 마을 가를 감돌아 흐르고

푸른 산은 성곽 밖에 비스듬히 기울었네

자리 펴 타작마당 바라보고 앉아서

잔 잡고 나누는 밭 뽕나무며 삼대 얘기

중양절重陽節 돌아오길 기다렸다가

다시 와 구화꽃과 마주하리라

訪金居士野居

鄭道傳

秋雲漠々四山空
落葉無聲滿地紅
立馬溪橋問歸路
不知身在畫圖中

다리 위에 말 세우고

정 도 전

가을 구름 아득타, 사방 산은 고요한데
지는 잎 소리 없이 땅에 가득 붉엇구나
다리 위에 말 세우고 가야 할 길 묻나니
이 몸이 그림 속에 있는 줄도 모른 채

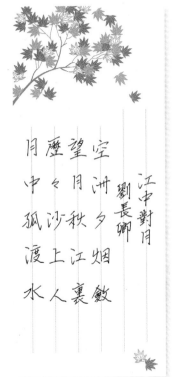

江中對月
劉長卿

空洲夕烟斂
望月秋江裏
歷歷沙上人
月中孤渡水

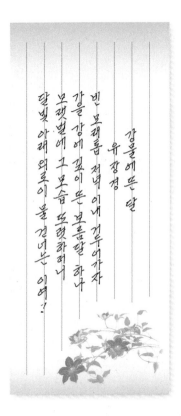

강물에 뜬 달
유장경

빈 모래톱 저녁 이내 거두어가자
가을 강에 깊이 뜬 보름달 하나
모랫벌에 그 모습 또렷하더니
달빛 아래 외로이 물 건너는 이여!

作은 다리/小橋 2002. 11. 02

작은 다리

이산해

티끌 한 점 없는 가을물 바닥까지 드맑아
저 무지개 은은히 거울 물에 잠겼구나
숨어 사는 이 흥취 일어 거문고 안고 지나가니
다리 아래 물고기를 발짝득 소리에 귀여여라

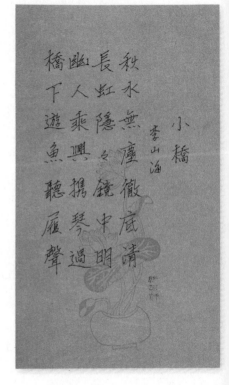

小橋　李山海

秋水無塵徹底清
長虹隱隱鏡中明
幽人乘興攜琴過
橋下遊魚聽履聲

連塘夜雨 姜達

秋雨漲秋池
秋荷太多死
蕭蕭葉上聲
驚起鴛鴦睡

연못의 밤비
　　　이 달

가을비 가을 못에 찰랑대는데
가을 연잎 거의 모두 스러졌구나
서걱서걱 잎 위를 지나는 바람소리
조을다 놀라 고개 드는 원앙새 한 쌍

江村卽事
司空曙

罷釣歸來不繫船
江村月落正堪眠
縱然一夜風吹去
只在蘆花淺水邊

강마을
사공서

낚시질서 돌아와 배도 매지 않았군
강마을은 달 지자 곤한 잠이 한창인데……
밤새도록 바람에 이리저리 떠다녀도
기껏해야 강꽃 핀 물가에 있을 테니

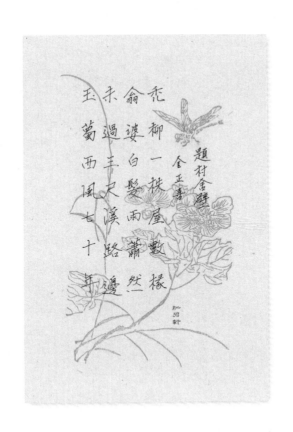

題村舍壁　金正喜

歪柳一株屋數椽
翁婆白髮雨蕭然
未過三尺溪路邊
玉蜀西風七十年

시골집

김정희

잎 진 버들 한 그루, 서까래 몇 줄 집 한 채
머리 허연 영감 할멈 둘이 모두 스산한 모습
서 자 남짓 시내 곁길 넘어 보지 못한 채
옥수수로 가을바람 칠십 년을 살았다네

龍湖 金得臣

古木寒雲裏
秋山白雨邊
暮江風浪起
漁子急回船

저문 강에 바람 일 때

김득신

차가운 구름 속에 고목 한 그루
소나기 지나가는 가을 산자락
저문 강에 바람 불어 물결이 일자
어부는 다급히 뱃머리를 돌리네

魯山山行　梅堯臣

適興野情愜
千山高復低
好峰隨處改
幽徑獨行迷
霜落熊升樹
林空鹿飲溪
人家在何許
雲外一聲鷄

노산 가는 길

매요신

산야山野의 정취가 맘에 들어 걷는 길
길 따라 첩첩한 산 높아졌다 낮아졌다
그림같은 봉우리 발길 좋아 모습 바꿔
홀로 걷는 깊은 산길 길을 잃고 말았네
서리 내린 나무 위로 곰은 기어오르고
빈 숲 시냇가엔 사슴이 물 마시네
어디쯤에 인가人家는 있는 것일까?
구름 밖에 한 줄기 닭 울음 소리

重到襄陽哭亡友韋壽朋

杜牧

故人墳樹立秋風
伯道無兒迹更空
重到笙歌分散地
隔江吹笛月明中

무덤에는

두목

무덤에는
찬 그루 나무와
가을바람과
자녀도 없는 고인 故人의
허전함이
있다.

그리고
여기서 헤어지면 우리의
추억과,

달빛과, 또 누군가가
강 건너에서 불고 있는
피리 소리가
있다.

이천섭 옮김

摘果　金昌協

山果非一種
霜餘溢甘芳
行隨樵子覓
坐共林僧嘗
高蔓摘未盡
留作鼯鼠糧

산과일

김창협

산과일로 끓어 보면 한두 가지 아니지만

서리 온 뒤 한결같이 달콤한 향기 넘쳐

나무꾼 따라가 찾아낸 것을

숲속에 스님과 함께 앉아 맛보면서

높은 덩굴 꼭대기 따지 않은 것

다람쥐 양식으로 남겨 둔다오

겨울 / 冬

步虛詞
高騈

清溪道士人不識
上天下天鶴一隻
洞門深鎖碧窓寒
滴露研朱點周易

正倉院標榜

이슬로 먹을 갈아

고 병

청계산의 도사道士를 사람들은 모르지
하늘을 오르내릴 때 학을 타고 다닌다네
용굴문 굳게 닫고 차가운 창 아래서
이슬로 붉은 먹 갈아 주역周易에 점을 찍네

次子剛韻　卞季良

閒門一室清
鳥几淨橫經
纖月入林影
孤燈終夜明

초승달 숲에 들어

　변계량

문 닫자 온 방에 맑은 기운 하나 가득

까아만 서안書案에는 조촐한 경전 한 권

초승달 숲에 들어 그림자 이우는데

외로운 등불 하나 밤새껏 밝아라

江上　劉子翬

江上謝來浪薄天
隔江寒樹晚生煙
北風三日無人渡
寂寞沙頭一簇船

겨울 강

유자휘

강 위로 밀물 일어 물결 하늘 뒤덮을 때

건너편 시린 나무 잦아든 저녁 안개

북풍 사흘에 건너는 이 하나 없어

적막한 모랫벌엔 배들만 웅기종기

述樂府詞
金守溫

十月層氷上
寒凝竹葉栖
興君寧凍死
遮莫五更鷄

만전춘별사滿殿春別詞

어름 우희 댓닙자리 보와

고려가요

님과 나와 어러 주글만뎡

어름 우희 댓닙자리 보와

님과 나와 어러 주글만뎡

情둔 오늜밤 더듸 새오시라 더듸 새오시라

于潛僧綠筠軒
蘇軾

可使食無肉
不可使居無竹
無肉令人瘦
無竹令人俗
人瘦尚可肥
士俗不可醫
傍人笑此言
似高還是癡
若對此君仍大嚼
世間那有揚州鶴

대나무에 대하여
소 식

밥상 위에 고기반찬 없을 수는 있겠으나
사는 곳에 대나무 없어서는 아니 되리
고기반찬 없으면 사람이 마르지만
대나무 없으면 속물 되기 마련이지
마른 거야 오히려 살찌울 수 있겠으나
선비가 속되면 고칠 수도 없다네
사람들 이 말을 비웃으며 말하지
고상한 듯하지만 어리석기 짝없다고
대나무 대하면서 배부를 수 있다면
세상에 어째서 양주학揚州鶴이 있을까!

遠自廣陵　秦觀

天寒水鳥自相依
十百爲群戲落暉
過盡行人都不起
忽聞氷響一齊飛

겨울 소묘

진관

추운 날씨 물새들 서로 몸을 의지한 채
수천 마리 무리 지어 지는 노을 희롱하며
길손이 다 지도록 아랑곳도 않더니
째ㅡ엉 얼음 우는 소리에 일제히 날아오르네

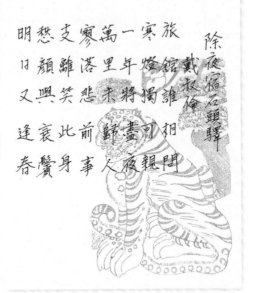

除夜宿石頭驛　戴叔倫

旅館誰相問
寒燈獨可親
一年將盡夜
萬里未歸人
寥落悲前事
支離笑此身
愁顏與衰鬢
明日又逢春

선달 그믐밤
대수 룬

주막의 밤 누구와 이야기를 나눌까?
쓸쓸로 가물가물 차운 등불 하나뿐
이 밤이면 또 한 해가 스러지는에
만릿길 먼 고향 돌아가지 못하는 이여
서글퍼라 지난 일
우습구나 이 내 몸
시름진 얼굴에 희게 변한 살쩍으로
내일이면 또 다시 새봄을 맞이하리

贈僧

朴枝華筆

逃去辭鄉歲又除
亂山蕭寺曉鐘餘
自慚心下無機事
白首挑燈讀古書

스님에게

박지화

제상 괴해 고향 떠나 또 한 해를 보내는구려

첩첩 산 고요한 절 재벽종의 여운 안고

좋으리다, 마음에 욕심별 일 없는 채

흰 머리에 등불 돋워 옛 글을 읽으시니……

元朝對鏡　朴趾源

忽然添得數莖鬚
全不加長六尺軀
鏡裏顏容隨歲異
釋心猶自去年吾

正倉院樣

새해 아침 거울 앞에서

박지원

홀연히 몇 가닥 수염만 늘었을 뿐
더 이상 자랄 것 없는 여섯 자 서러운 몸
거울 속 얼굴은 세월 따라 변하건만
어린 마음 여전히 지난해의 나로구나

正倉院樣

僧院
靈一

虎溪閑月引相過
帶雪松枝掛薜蘿
無限青山行欲盡
白雲深處老僧多

달빛에 이끌려 호계虎溪를 넘어 가니
눈을 인 솔 가지엔 넝쿨줄이 얽혀 있네
끝없는 청산 青山이 다하는 자리
흰 구름 깊은 곳에 노승老僧들도 많아라

영일

절

江雪
柳宗元

千山鳥飛絕
萬徑人蹤滅
孤舟簑笠翁
獨釣寒江雪

눈을 낚다
유종원

산이란 산 새 한 마리 날짓을 앉고
길이란 길 사람 하나 다니지 않네
외배 위 도롱이에 삿갓 쓴 늙은이
혼자서 겨운 강 눈을 낚고 있구나

正倉院摸樣

霜月
李荇

晩來微雨洗長天
入夜高風捲暝煙
夢覺曉鐘寒徹骨
素娥靑女鬪嬋娟

달과 서리
이 행

저녁 무렵 보슬비가 온 하늘을 씻어내고
밤 들자 높은 바람 어두운 안개 걷어내어
종소리에 새벽 꿈 깨니 추위 뼈에 스미는데
빨간 달빛 하얀 서리 절로 고움 시샘하네

水仙花
金正喜

一點冬心朶朶圓
品於幽澹冷雋邊
梅高猶未離庭砌
清水眞看解脫仙

수 선 화

김 정 희

한 점의 겨울 마음 송이송이 둥글어라
그윽하고 담담하고 시리도록 빼어났네
매화가 고상하나 뜰을 넘지 못하는데
맑은 물에 참으로 해탈한 신선일세

雪後　譚知柔

晚醉扶筇過竹村
數家殘雪擁籬根
風前有恨梅千點
沙上無人月一痕

雪石

눈온뒤
담지유

저녁술에 지팡이 짚고 촌촌竹村을 지나자니
몇몇 집 울밑이 잔설殘雪에 잠겼어라
찬바람이 안타까운 매화나무 꽃망울들
모랫벌엔 사람 없어 달님 혼자 길을 가네

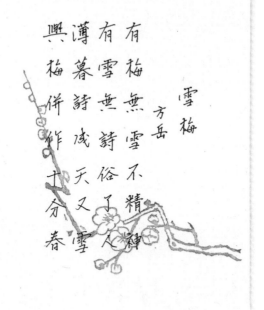

雪梅
方岳

有梅無雪不精神
有雪無詩俗了人
薄暮詩成天又雪
興梅併作十分春

눈과 매화

방악

매화 펴도 눈 없으면 정신이 빠진 셈

눈 내려도 시 없으면 속취을 어이 하리

저녁 무렵 시를 얻고 눈조차 깊이 내려

시와 눈과 매화 있으니 흥건한 봄빛!

梅花

陸游

聞道梅花坼曉風
雪堆遍滿四山中
何方可化身千億
一樹梅前一放翁

매화

육유

듣건대 매화는 새벽바람에 핀다지,
겹겹 눈 온 산에 가득함을 이기고서.
어찌하면 이 몸을 천억 개로 나투어
그루 그루 매화를 마주할 수 있을까

路上有見
姜世晃

凌波羅襪去翩翩
一入重門便杳然
惟有多情殘雪在
履痕留印短墻邊

길에서
강세황

비단 버선 외씨걸음 사뿐사뿐 쳐안끼서
겹문으로 한번 들자 없었던 듯 묘연해라
오롯이 다정한맘 잔설로 남았는가
붉은 담장 가으로 발자국만 점점점……

重題
白居易

日高睡足猶慵起
小閣重衾不怕寒
遺愛寺鐘欹枕聽
香爐峯雪撥簾看
匡廬便是逃名地
司馬仍為送老官
心泰身寧是歸處
故鄉何獨在長安

겨울 초당
백거이

높은 해 녁녁한 잠 그래도 짐짓 부려보는 게으름
작은 집 겹져 덮은 이불 주위가 췬 아랑곳
유애사遺愛寺 종소리 베개 괴어 귀를 열고
향로봉香爐峯 쌓인 눈 발 젖겨 바라보네
광려산匡廬山 이곳은 이름 피해 살 만한 곳
사마司馬 벼슬 늘그막을 보내기에 족한 자리
마음 태평 몸 평안 여기가 내 살 곳
고향이 어찌 서울에만 있을손가

哭思庵
成渾

古外雲山深復深
溪邊草屋已難尋
拜鵑窩上三更月
應照先生一片心

벗을 보내며
성 혼

세상 너머 구름산 깊고 또 깊어
시냇가 초가집 찾기조차 어려워라
그대 집 위 하얗게 뜬 삼경의 저 달
틀림없이 그대 마음 비추고 있으리

雪後
柳方善

臘雪孤村積未消
柴門誰肯爲相敲
夜來忽有淸香動
知放梅花第幾稍

눈온뒤
유방선

외진 마을 섣달 눈이 녹지도 않았거니
뉘라서 사립문 반갑게 두드리나?
밤 사이 맑은 향기 돌연히 진동하니
매화꽃 몇 가지 그 내음을 보냈으리

홍선

1974년 직지사로 출가하여 해인사 강원을 마치고 서울대학교 동양사학과를 졸업하였다. 직지성보박물
관 관장, 불교중앙박물관 관장을 지냈으며 현재 직지사 주지이자 문화재위원이다. 불교 문화유산을 지
키고 가꾸며 그 가치를 세상에 알리는 일을 꾸준히 하고 있으며 〈제4회 대한민국 문화유산상〉(2007)을
수상했다. 저서로는 《석등-무명의 바다를 밝히는 등대》(눌와), 《맑은 바람 드는 집-홍선스님의 한시읽
기 한시일기》(아름다운 인연), 〈답사여행의 길잡이〉(돌베개) 시리즈 15권 가운데 《팔공산 자락》(8권)과 《가
야산과 덕유산》(13권) 등이 있다.

일 줄이고 마음 고요히
옛시에서 말을 긷다

초판 1쇄 인쇄 2013년 7월 1일
초판 1쇄 발행 2013년 7월 5일

지은이   홍선
사진   김성철
펴낸이   김효형
펴낸곳   (주)눌와
등록번호   1999. 7. 26. 제10-1795호
주소   서울시 마포구 성산동 617-8, 2층
전화   02-3143-4633
팩스   02-3143-4631
홈페이지   www.nulwa.com
페이스북   www.facebook.com/nulwabook
블로그   blog.naver.com/nulwa
전자우편   nulwa@naver.com
편집   김선미, 김지수
디자인   최혜진
마케팅   최은실, 이예원
용지   정우페이퍼
출력   한국커뮤니케이션
인쇄   미르인쇄
제본   포엘비앤씨

ISBN 978-89-90620-65-1 03800

책값은 뒤표지에 표시되어 있습니다.

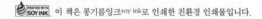